Кабинка
Die Kabine

sHanLi 山力

Кабинка

Die Kabine

Impressum

Bibliografische Information der Deutschen Nationalbibliothek: Die Deutsche Nationalbibliothek verzeichnet diese Publikation in der Deutschen Nationalbibliografie; detaillierte bibliografische Daten sind im Internet über http://dnb.dnb.de abrufbar.

1. Auflage 2013 in THE GIFT – Das Geschenk
Russische Übersetzung: Anonym
Lektorat „Das Goldene Gitter": Andrea Hendorfer
Covergestaltung: Minh Nguyen Anh
Zeichnung Vajrapani: Songshan Shaolin Steintafel, Henan China

https://shanli.org/

Verlag: BoD · Books on Demand GmbH, In de Tarpen 42, 22848 Norderstedt

Druck: Libri Plureos GmbH, Friedensallee 273, 22763 Hamburg

ISBN: 978-3-7597-9472-7

Книга посвящена уважаемому аббату

Шаолиньского храма по имени

Ши Юнсин

Dieses Buch ist gewidmet dem
Ehrenwerten Abt des Shaolin Tempels

Shi Yongxin

I

Оглавление

Inhaltsverzeichnis

Уважаемые читатели и читательницы

Поскольку я не владею русским языком, я не мог самостоятельно прочитать и проверить этот текст перед публикацией. Поэтому, если вместо предполагаемой истории в этой книге оказался сборник кулинарных рецептов, то, пожалуйста, наслаждайтесь ими.

Кабинка — это рассказ, который был опубликован в 2013 году в книге sHanLi 山力 —THE GIFT - Das Geschenk— издательством fhl Verlag Leipzig. Глава — Золотая решетка — добавлена впервые и поэтому является первой публикацией на русском и немецком языке.

Золотая решетка — это невидимая, но ощутимая граница между нашими культурами. Страны и нации, ослепленные духовными ядами, перекидывают через нее свои предположения, мнения, ложь и правды.

Я хочу, чтобы вы поняли, что в этой истории я не выражаю политических взглядов, и чтобы вы не забывали, что при каждом предположении три пальца направлены на самого себя.

Все ошибки в этой книге — мои. С большой осторожностью я стараюсь держать культурные двери открытыми и по-тихому служить культурным дипломатом.

Пусть эта история доставит вам радость и однажды, возможно, станет мостом для лучшего понимания и сотрудничества между нашими культурами.

sHanLi 山力

«sHanLi в своей книге мастерски изобразил игру воображения господина Кёпелинга. Он показывает, как люди обладают „теорией разума“. Обладать „теорией разума“ означает понимать, что думает другой человек, т.е. приписывать другому убеждения, желания, страхи и надежды и верить, что другой человек испытывает эти чувства как состояние разума. У тебя есть ментальная позиция (мнение о чем-то), и у меня есть ментальная позиция (мнение о мнении). Если твоя ментальная позиция — это мнение о моей ментальной позиции, то мы можем сказать: „Я считаю, что ты считаешь, что я считаю, что что-то является фактом“. Это называется уровнями интенциональности. Уровень 0: машины, человек в коме, младенцы. Уровень 1: Я думаю, ... Уровень 2: Я думаю, что ты думаешь ... Уровень 3: Я думаю, что ты думаешь, что я могу думать ... Уровень 4: Я думаю, что ты думаешь, что я могу думать, что ты думаешь ... Пример: Я предполагаю [1], что вы будете задаваться вопросом [2], понимаю ли я [3], насколько трудно вам наверняка понять [4], считаю ли я [5], что вы можете распознать [6], что я могу верить [7], что вы хотите от меня объяснения того[8], что большинство людей могут отслеживать только пять или шесть уровней интенциональности. Вкратце: Я несколько раз перечитывал историю господина Кёпелинга и всегда смеялся от души. Спасибо, sHanLi.»

Ши Янчэн

Кабинка

Эта история о противоположности внутреннего покоя. Она является иллюстрацией опасности, позволяющей разуму бесконечно создавать новые связи без периодической физической и умственной перезагрузки.

Подъездный путь

Господин Кёпелинг, семейный человек, работающий на крупную фармацевтическую компанию, направляется в Дармштадт. Он отвечает за международные связи в компании, поэтому регулярно участвует во встречах с зарубежными делегациями. Долгие поездки для него не редкость, и чтобы время в дороге проходило не просто впустую, он слушает передачи о культуре и традициях других стран. Это помогает ему готовиться к встречам с иностранными представителями и развивать межкультурную компетентность. Уже несколько часов он находится в пути, слушая передачу о японской культуре. На завтрашней встрече ожидаются как американцы, так и японцы, поэтому эта информация крайне кстати.

Для него важно обладать знаниями о культуре азиатских партнёров, чтобы быть готовым к неформальному общению, которое способствует укреплению деловых отношений. С американцами у него всё готово: он знает табу в их культуре. Как изучал господин Кёпелинг ещё в школе, Америка была континентом, открытым в начале первого века европейцем по имени Лейф Эриксон. Сегодня этот исторический факт часто игнорируется. Американцы не гордятся тем, что всё началось на восточном побережье Канады.

Понятно, что и у британцев ситуация аналогичная. Это задевает национальную гордость британцев, когда упоминается, что кровь, текущая в жилах их королевы, происходит из немецкой аристократической линии. Когда после успешной сделки поднимают тост шампанским, британцы с гордостью и радостью восклицают: "За Бога и королеву". В этот момент нельзя радоваться вместе с ними, потому что это может вызвать недоумение, так как она не ваша королева. Если же вы, чтобы не выглядеть подражателем, объясните, что радуетесь, потому что немецкое дворянство далеко продвинулось за границей, это полностью испортит атмосферу.

Официальное открытие Америки происходило иначе, чем неофициальное, совершенное Лейфом Эриксоном, как знает господин Кёпелинг. Континент был официально обнаружен только в конце XV века генуэзцем по имени Колумб. На этот раз это действительно имело значение, ведь континент был найден в "правильном месте". С тех пор его стали последовательно отнимать у коренных жителей.

После того как Колумб нашёл Америку в "правильном месте", последовала такая массовая волна эмиграции из Европы, что коренным жителям не хватило места. Индейцев, которых назвали так, потому что испанцы ошибочно думали, что нашли морской путь в Индию, просто обошли стороной. Тех, кто сопротивлялся, убивали, а тех немногих, кто выжил после этнической чистки, запирали в резервациях. Впоследствии это безжалостное и наглое ограбление целой страны получило кодовое название "переселение". Чтобы добавить "переселенческому проекту" точку, международная организация строителей взялась построить большую статую, которую затем, к недоумению индейцев, назвали "Статуей свободы".

Упоминание о том, что Америка была украдена, находится в списке категорических табу в разговорах с американцами, особенно когда господин Кёпелинг встречается с ними по делам. К счастью, они редко выпивают за Колумба как первооткрывателя Америки и за великое переселение, ведь будучи немцем, вам пришлось бы каждый раз бормотать "Лейф Эрикссон". Просто потому, что это слишком сильно гложет вас.

Каждый несёт в себе некоторую национальную гордость. *Если бы Гитлер был хорошим человеком, господин Кёпелинг уверен, что немцы, возможно, до сих пор поднимали бы тост за Германскую империю и фюрера после успешной сделки.*

Несомненно, не стоит вступать в религиозные дискуссии с представителями других стран или даже задевать их национальную гордость. Особенно если вы планируете заключить с ними следующую сделку, в этом уверен господин Кёпелинг. Тем не менее, он часто задумывается, почему китайцы не выходят на улицу сотнями тысяч, чтобы протестовать за права индейцев. Ведь американцы постоянно вмешиваются во внутреннюю политику Китая. Наверняка дело не в том, что в Китае недостаточно людей, способных выйти на улицу. Скорее всего, это связано с китайскими ценностями невмешательства в чужие дела.

Иногда господин Кёпелинг сидит перед телевизором и ждёт, когда китайский министр иностранных дел встретится лицом к лицу с американским министром и, если вдруг встанет вопрос о правах человека, спросит его о самочувствии индейцев. Также можно было бы спросить, когда американцы собираются уйти и сколько денег они в этот раз возьмут в долг у Китая для финансирования переезда. Возможно, индейцы просто не считаются достаточно ценными с человеческой точки зрения, и все эти рассказы о вечных охотничьих угодьях и кладбищах – всего лишь чепуха.

В то время как он неторопливо обгоняет древнюю французскую развалюху, он продолжает слушать программу и узнаёт, что японцы до сих пор придают большое значение духу самураев, и что многие принципы бусидо были перенесены в современный бизнес-мир.

Голос ведущего слышен отчётливо. После ряда примеров, демонстрирующих параллели между боем один на один и успешными стратегиями в бизнесе, он делает небольшую паузу. Господин Кёпелинг слышит звук перелистывания страниц. Ведущий продолжает: «Воин прошлого – это бизнесмен сегодняшнего дня. То, что раньше были меч и лук, теперь – ноутбук и мобильный телефон».

Господину Кёпелингу это очень нравится. Уверенный в том, что он успешный воин, «самурай нового времени», он нажимает на газ покрепче, чтобы успеть прибыть в Дармштадт достаточно рано и хорошо подготовиться к предстоящей битве. Дорога ещё долгая, и он решает уделить ещё несколько часов обдумыванию деталей возможных изменений в контрактах.

Ведущий также упоминает о важности самоубийства, известного как харакири или сэппуку, и обстоятельствах, при которых это действие выполнялось в древней Японии. Мысль о том, чтобы разрезать себе живот мечом и вытаскивать внутренности, кажется господину Кёпелингу крайне болезненной и отвратительной.

Одно ведёт к другому, и мысль о прокалывании и резании мечом фокусирует его разум на области живота, где он чувствует нарастающее давление от наполненности и нарастающую необходимость посетить туалет.

Ведущий продолжает: «Путь воина также сыграл важную роль в японской военной тактике против американцев. Он служил в первую очередь для мотивации молодых солдат смотреть на смерть без страха. В конце Второй мировой войны была выбрана группа пилотов, готовых умереть за свою страну. Их задачей было после сброса всех бомб вместе с самолётом врезаться в цель. Название этой первой группы пилотов, выполнивших такую миссию, было 'камикадзе', что означает 'святой шторм'».

«Позже», — продолжает ведущий, — «за границей все подобные самоубийственные команды стали ошибочно называть камикадзе. Поэтому этот термин используется в основном вне Японии. Более четырёх тысяч японских солдат погибли в войне против союзников в результате таких самоубийственных миссий. Поскольку это не помогло Японии выиграть войну, ответственный генерал принёс извинения семьям, чьи сыновья были отправлены на смерть, и затем совершил честь смерти. Харакири».

О, боже, — думает господин Кёпелинг, — *как бы это выглядело, если бы это было обычным делом в нашей культуре сегодня?*

Для мысленного эксперимента господина Кёпелинга теперь должен выступать его помощник Шмидт. Этот последний допустил серьёзную ошибку на работе. Что это будет значить для него, он скоро узнает... В мысленном пузыре господина Кёпелинга ассистент бежит к шкафу с мечами, который, по идее, должен быть на каждом этаже для руководителей, и вскрывает свои внутренности прямо в офисе. *Хотя,* — как думает господин Кёпелинг, — *немецкая культура самоубийств не обязательно должна быть связана с мечом. В наше время, конечно, это могло бы быть сделано более деликатно, возможно, с использованием перьевой ручки или шариковой ручки. Это было бы более подходящим для 'воина нового времени'.*

В то время как он плавно обгоняет грузовик, в его мысленном пузыре происходит следующее: Шмидт стоит прямо перед господином Кёпелингом в офисе и говорит, что для него было большой честью работать на него. Затем он с достоинством кланяется и с резким движением втыкает в ухо золотую ручку, которую все сотрудники получили на прошлогоднее Рождество.

После того как мысленное событие с почётной смертью ассистента закончилось, Кёпелинг начинает новый мысленный эксперимент, в котором объектом опять является ассистент Шмидт. Вдохновение для этого черпается из японского мафиозного фильма, который он видел во время своего последнего зарубежного визита в отеле.

«Шмидт, вы допустили две ошибки, оправдайтесь», — говорит Кёпелинг в своём мысленном пузыре. Шмидт, в присутствии всего коллектива, бежит к разделочной доске, которая стоит на специально оборудованном столе в конференц-зале, покрытом маленькой стеклянной витриной, и отрезает мизинец левой руки.

Просто замечательно, считает Кёпелинг, это будет отличной мотивацией для всех сотрудников. Я больше не буду получать надоедливые электронные письма после того, как уволю кого-то, кого даже лично не знаю.

Эти трусы, — думает про себя Кёпелинг, вспоминая несколько просьб о милости: *Мой отец работал в этой компании. После его смерти я пошёл по его стопам. Десять лет моей жизни... бла-бла-бла нет денег... бла-бла-бла дети голодают, бла-бла-бла...*

Внизу, в большом зале, я бы созвал собрание, на которое должны прийти все сотрудники. Из моего списка я бы затем зачитал имена тех, кто уволен без предупреждения. К счастью, у них все есть ручки, которые они могут легко воткнуть себе в ухо, и все.

При этой мысли его немного тошнит, ведь он в конце концов всего лишь одно звено в длинной цепи руководителей. *Как воин, «самурай современности», я был бы вынужден совершить харакири, если переговоры в Дармштадте не сложатся в нашу пользу.*

Какой это был бы бардак, думает он, представляя себе кровавую бойню в гостиничном номере. Если бы это было сегодня нормой, то, безусловно, немецкие отели были бы хорошо к этому подготовлены. Достаточно было бы позвонить на рецепцию, сказать слово 'харакири', и сразу появилась бы дама со всем необходимым. Господин Кёпелинг представляет, как пожилая горничная расстилает большую пластиковую плёнку на кровать, пол и другие предметы, которые могут испачкаться, а затем, не произнеся ни слова, покидает номер.

Поскольку он работает в фармацевтической компании, ему быстро приходит в голову идея о таблетках для харакири и их маркетинге: *таблетки харакири для быстрой и чистой смерти.* Поскольку в древней Японии было принято, чтобы всё семейство лишало себя жизни, господин Кёпелинг развивает эту идею дальше: *таблетки харакири Кёпелинга — быстрая и чистая смерть для всей семьи.*

Он видит своё удовлетворённое лицо на упаковке, когда обгоняет ряд автомобилей. Пока он обгоняет одну машину, он задумывается, как было бы, если бы семейный набор входил в стандартную комплектацию каждой автомобильной аптечки. Но в тот же момент он осознаёт, насколько велики могли бы быть инвестиции, прежде чем это стало бы возможным. Слегка огорчённый тем, что многие идеи не так просто реализовать, он вновь обращает внимание на ведущего.

Тот объясняет, что дзен-буддизм до сих пор занимает важное место в жизни японцев и что это связано с человеком по имени Бодхидхарма. Также упоминается Шаолиньский монастырь в Китае. Это монастырь, где Бодхидхарма провёл много лет в состоянии удивительного терпения[1]. Теперь господин Кёпелинг слушает объяснения ведущего о кармических принципах.

Мысль о карме заставляет господина Кёпелинга задуматься. Он слушает ведущего только наполовину, поскольку из-за постоянного движения вперёд, как говорят японцы, он впадает в своего рода медитативное состояние. Он задаётся вопросом, что это может значить для него, учитывая карму. Защитники прав животных уже сравнили его с нацистом Йозефом Менгеле. Это, конечно, неправда, потому что Менгеле проводил жестокие эксперименты над людьми. Он, в свою очередь, вынужден выяснять, может ли такое нежное существо, как кролик, умереть от нового препарата. Потому что в противном случае его нельзя было бы использовать на людях. Именно поэтому господин Кёпелинг уже некоторое время старается избегать общения с людьми, не относящимися к его профессиональной сфере.

Ему ясно, что люди, которые носят такие обвинения в своих сердцах, в случае обычной простуды в аптеке не задумываются, достаточно ли часто тестировалось лекарство на животных. Матери не ставят под сомнение крупные

---

[1] Бодхидхарма был не просто случайным путешественником, который вдруг решил: «А теперь сяду здесь в этой пещере и займусь медитацией». Бодхидхарма был полностью посвященным и обученным монахом, когда вошел в Страну середины. Он является первым патриархом дзен-буддизма в Китае и наиболее значимой фигурой махаяна-буддизма.

компании, когда речь заходит о здоровье их детей, в то время как дети кричат громче всех, узнав о тестах на кроликах или милых маленьких обезьянках.

Господин Кёпелинг, который на самом деле просто обычный человек, из-за своей профессии слишком часто ассоциируется с Третьим рейхом. Он больше не может общаться с теми, кто скрывает за дружелюбной улыбкой мысль о том, что он бессердечный "бизнес-нацист". Человек, который, если зарабатывает достаточно денег, не видит проблемы в том, чтобы идти по трупам. Он слышит, как ведущий упоминает, что японцы изначально были китайцами, но он вновь сосредотачивает свои мысли на карме, ведя машину.

Пока он старается сохранять постоянное расстояние до машины перед собой, его мысли сливаются со словами ведущего. Это постепенно заставляет его глубже задуматься о уже обсуждаемых темах. Таким образом, он всё глубже связывает программу со своими собственными знаниями и тем, что видел по телевизору. Особенно с такими фильмами, как "Брат якудзы" Китано и "Семь самураев", которые вдохновили на создание вестерна "Великолепная семерка". Хотя в "Великолепной семерке" речь идет о массовых убийствах, и там нет ни одной доски для пальцев, ни харакири. Больше всего его заставляет задуматься, как в японской культуре строгий и механический режим и дзен – своего рода духовный допинг – приводят человека в состояние такой глубокой самоотверженности, что даже самоубийство становится крайне неромантичной и рутинной процедурой.

Только в 1868 году ритуал самоубийства был запрещен. У многих воинов, которые с детства готовились к тому, что однажды они умрут почетной смертью, таким образом, выдернули ковер из-под ног. Поэтому им пришлось собираться в группы самопомощи, чтобы как-то смириться с тем, что отныне им больше не позволено лишать себя жизни ради чести.

Неудивительно, что это вызвало бурю радости, когда один из последующих императоров из-за технических ограничений и нехватки хороших пилотов возродил группы самоубийц-пилотов. Камикадзе стали кошмаром для американцев. Была ли это карма? Возможно, это просто было связано с долгим перелетом. Америка находится не за углом. Часто топлива не хватало даже для обратного полета. После сброса всех бомб считалось хорошим тоном столкнуть свой самолет с врагом, максимально увеличив разрушения. После нападения на Перл-Харбор Америка была в шоке. Было много жертв, и именно такая смерть приводила к огромным страданиям.

Шэрон Стоун говорила о карме в контексте страданий страны. Её комментарии о землетрясении в Китае привели к тому, что ей вручили почётную награду "Враг государства" и запретили въезд. В результате землетрясения в Вэньцюане в 2008 году погибли 69,227 человек.

Что же имела в виду мисс Стоун? И вообще, это бы означало, что китайская мировоззренческая философия в сочетании с российской марксистской доктриной создаёт идеальный рецепт для землетрясений в качестве кармы.

Такие высказывания, как у мисс Стоун, часто встречаются в народе. Только остаётся загадкой, как эти люди объясняют, что привело к тому, что с 1940-х годов пилоты самолетов стали набрасываться на Америку, как лемминги.

Было ли это из-за геноцида индейцев или истребления бизонов? Были ли лемминги кармической формой наказания за кражу страны или это что-то глубже? Возможно, первородный грех? Были ли самолеты исключительной виной индейцев? Привела ли стрельба, грех убийства стрелами и луком, и накопленная таким образом карма к тому, что команды смертников на самолетах врезались в американские дома? Это кажется логичным заключением господину Кёпелингу. В конце концов, между стрелами и самолетами много общего. Плохая карма от стрел, возможно, была настолько тяжела, что осела в землю. Если мисс Стоун права, то это могло произойти именно так.

О, боже, — думает господин Кёпелинг. — Спасители свободного мира украли загрязненную землю!

Для господина Кёпелинга это неизбежно приводит к выводу, что за падение самолетов в ответе американцы. Они просто не должны были красть кармически загрязненную землю.

Могут ли мне запретить въезд, если я скажу это на следующей встрече с американскими представителями в ВТО?

Ему становится холодно. Запрет на въезд в Америку звучит очень плохо. *Это в резюме означало бы потерю одного, если не двух нулей от годового дохода.*

С неподвижным выражением лица он проезжает мимо машины более низкого класса. На заднем сиденье машины сидят смеющиеся дети, которые, очевидно, шутят над ним. Он может читать по их губам: «Ха-ха-ха, вот что ты получаешь за издевательства над кроликами, меньше нулей, ха-ха-ха».

Эта ситуация заставляет Кёпелинга снова уйти в одну из своих мысленных пузырей: он идет по бесконечно белому и стерильному коридору, который расположен глубоко под корпорацией в лабораторном подвале. В конце этого коридора находится экспериментальная комната, к которой он движется неумолимо, как солдат, марширующий вместе с сотней других. Из динамиков в коридоре звучит 'Валькирия' Вагнера. В экспериментальной комнате его ждут несчастные, замерзшие и голодные дети из автомобиля. Даже самые жестокие попытки исцелить этих детей от их психической неосведомленности и сделать их пригодными для системы оказались неудачными. Только он один знает, какие воспитательные меры должны последовать. В экспериментальной комнате он раздает каждому по конфете, которую принес с чаши на ресепшене. Затем он активирует внутреннюю связь и сообщает родителям, что даже самые радикальные медицинские меры не смогли научить их детей уважать других людей. Он также спрашивает их, возможно ли, что виноваты они сами, что их дети так и не научились быть более понимающими и внимательными. «Сколько раз вы смеялись с вашими детьми над толстой женщиной по соседству?» — спрашивает он родителей. Они оба начинают пересчитывать, когда он с сожалением убирает палец с кнопки вызова и обращается к детям. Без дальнейших объяснений он переключает свое внимание на то, что должно быть сделано. С чувством удовлетворения ███████ ████████████████, чтобы по крайней мере экономно утилизировать их после уже проведенных дорогостоящих и крайне болезненных экспериментов[2]. Он просто говорит родителям, что пришло время. После этого некоторые сотрудники его отдела предоставляют опечаленным родителям золотые рождественские авторучки. «Ах, дети могут быть такими жестокими», — бормочет про себя господин Кёпелинг. Проходит немного времени, как он снова начинает думать о потере нулей. Ведь это нужно предотвратить.

Господин Кёпелинг глубоко задумывается. *Колумб... генуэзец. Конечно, без него ничего бы не случилось. Если бы он не заблудился или не сделал это намеренно, ничего бы не произошло. Тогда европейцы никогда бы не украли первородный грех у коренных американцев.*

А уж конечно, и все эти смерти. Господин Кёпелинг делает открытие, за которое его могли бы канонизировать в Ватикане. Он уже видит себя на встрече с Папой, а ватиканский сертификат о его святости висит на стене его офиса.

---

[2] Это часть текста была цензурирована из-за чрезвычайно жестокой сцены.

Он выключает культурный обзор и включает своего любимого композитора Рихарда Вагнера. Это совершенно особенный момент, и поэтому требует соответствующего вступления. Вскоре он уже будет не просто смертным генеральным директором, а генеральным директором, канонизированным представителем Бога на земле при жизни. Сколько людей могут сказать о себе то же самое? Обычно Ватикану требуются столетия, чтобы признать чью-то святость. Жанна д'Арк, например, сначала была сожжена, а канонизирована только спустя сотни лет.

Он ждет подходящего момента в 'Валькирии' Вагнера и затем медленно и отчетливо говорит, как будто это объявление войны: 'Колумб — это до сих пор не раскрытый антихрист... Колумб — это нераскрытый антихрист.'

Тысячи, даже миллионы людей погибли из-за переселения на сегодняшний день. Но будет ли этого достаточно? *Отменят ли мой запрет на въезд, если я объясню господину Обаме, что всё основано на ошибке?* — думает господин Кёпелинг, и сразу начинает мысленный разговор с президентом Америки.

«Слушайте, Господин президент Обама, в конце концов, всё основано только на ошибке. Хотели на самом деле в Индию.»

Господин Кёпелинг задумывается, что бы это значило для священных коров там и, кармически говоря, для поселенцев. Европейские поселенцы, помимо всего прочего, вели себя сомнительно и по отношению к бизонам.

Обаме пелена с глаз бы спала, если бы я ему сказал: «Господин президент, это вина Колумба. Он либо лжец, либо массовый убийца, либо даже недооцененный из-за невежества антихрист.»

Пока он зачарованно смотрит на разделительные полосы на дороге, в его мыслях он сидит вместе с президентом Соединенных Штатов. Оба сидят в удобных креслах за небольшим столиком, пьют кофе. Барак Обама совершенно спокоен и видит самого себя, как он молит о помиловании по поводу запрета на въезд.

«Но, как вы наверняка согласитесь со мной, уважаемый мистер президент, слово „антихрист" как бы подразумевает гибель масс. В конце концов, и лжецов, но вы понимаете, что я имею в виду», — продолжает Кёпелинг.

Обама уверенно отвечает: «Господин Кёпелинг, я не думаю, что человек, который когда-то открыл мою страну, был антихристом».

«Господин президент, сказать так было бы, конечно, самонадеянно и, безусловно, абсурдно. Антихристианство господина Колумба — это хорошо скрытый факт. Объяснение настолько простое, что вы улыбнетесь, как только его услышите».

Обама кивает согласно, но его лицо выражает замешательство. Господин Кёпелинг только что объяснил, что обнаружение страны само по себе не является антихристианским преступлением, но это, кажется, не основной предмет спора. Господин Кёпелинг продолжает: «Но теперь подумайте, сколько смертей и разрушений последовало за открытием Америки. Сколько, по вашему мнению, было убито индейцев? Что насчёт истребления бизонов? Сколько колонистов погибло, потому что они были недостаточно подготовлены к тому, что их ждало? А рабство? Не забывайте о кораблях — работорговых и кораблях иммигрантов, которые тонули по пути в Америку, унося сотни жизней. Позже, как это очевидно, жертвы Гражданской войны, потопление "Титаника", а затем война за войной, и потом, как Эдуард Бернштейн назвал это в 1893 году, "холодная война". "Холодная война" привела к чудовищному количеству неучтённых жертв. Затем Вьетнам, Ирак. В сумме это огромное количество потерянных жизней. Теперь сравните. Антихрист номер один, Наполеон Бонапарт, во время наполеоновских войн стал причиной смерти 2,5 миллиона солдат. Антихрист номер два, Адольф Гитлер, унёс жизни 15 миллионов солдат. Колумб ничем не уступает этим двум. Количество жертв, вызванных его открытием, продолжает расти и по сей день».

«Господин Кёпелинг, я уверен, что если бы Колумб не открыл мою страну, это сделал бы кто-то другой. Пожалуйста, подумайте о том, как многим людям стало лучше благодаря Америке, или сколько людей смогли вести достойную жизнь благодаря нашей стране», — ответил Обама, явно раздражённый.

Кёпелинг возразил: «Я не отрицаю это, но это не суть нашего разговора. Антихриста можно узнать по тому, что из-за его действий умирает множество людей. Сколько людей стало жить лучше из-за его действий, не имеет значения. Если мы предположим, что Колумб не был антихристом и что это действительно была ошибка, то вывод окажется невыразимо жестоким и вызывающим страх смерти. Но давайте всё же это предположим: Колумб либо был слишком глуп для парусного плавания, либо из-за смещения звёзд сбился с курса».

На лице Обамы отразилось выражение ужаса, когда он услышал слова Кёпелинга. «Вы хотите сказать, что Бог — антихрист?»

«Я этого не сказал. Это вы сказали», — защищается Кёпелинг.

«Нет. Я этого не говорил. Вы мне приписываете слова. Кто, кроме Бога, мог бы изменить положение звёзд?» — возмущённо спрашивает Обама.

«Если вы считаете, что я приписал вам эти слова, значит, вы либо недостаточно сконцентрированы, либо сейчас собираетесь заявить, что Колумб — антихрист», — парирует Кёпелинг.

Обама оказывается в затруднительном положении. Он понимает, что Кёпелинг прав. Миллионы людей погибли из-за Христофора Колумба. Но он президент Соединённых Штатов, что несёт с собой определённую национальную гордость.

Кёпелинг вновь чувствует дискомфорт в желудке, но одна мысль о посещении общественного туалета на автозаправочной станции отодвигает эту проблему на второй план. Однако осознание, что до Дармштадта ещё далеко, заставляет его нервничать. Чтобы отвлечься от давления в пищеварительной системе, он снова погружается в мысленный разговор с американским президентом.

«Нет, это было просто объяснение того, почему я ошибся», — продолжает господин Кёпелинг, возвращаясь к последнему замечанию Обамы.

«Вы что, пытаетесь оскорбить меня через лингвистическую уловку?» — спрашивает Обама.

«Нет, мы на самом деле говорим о карме и Шэрон Стоун», — отвечает Кёпелинг.

«Простите?» — Обама смотрит на Кёпелинга с недоумением.

Кёпелинг объясняет Обаме всю историю. Он рассказывает о своей поездке в Дармштадт, где он находится сейчас, и о предстоящей встрече с американской и японской делегациями, к которой он готовится, слушая программу о японской культуре. Он упоминает, что в этом отчёте говорилось о карме, и вспоминает заявление Шэрон Стоун о том, что китайцы сами виноваты в землетрясении в своей стране. После паузы, чтобы дать президенту время переварить сказанное, Кёпелинг продолжает: «Итак, господин президент, мы подходим к главной точке нашего разговора. На самом деле, мне даже не нужно извиняться. Я уже объяснил, что побудило меня сказать, что Америка кармически загрязнена. Я обращаюсь к вашему здравому смыслу и прошу вас отменить мой запрет на въезд. В конце концов, я уже предоставил вам отличное оправдание на случай, если вас когда-либо спросят, почему вы президент кармически загрязнённой страны».

«Хмм... я понимаю. Виноваты индейцы», — задумчиво отвечает Обама.

Между тем в реальном мире проходят минуты. Господин Кёпелинг чувствует нарастающую потребность в посещении туалета. Это минуты, когда духовное противостояние между телом и разумом становится всё более ощутимым, когда на лбу появляются капли пота. Дуэль, кажется, становится всё более неприятной. Его тело отчаянно нуждается в туалете, но его разум категорически отказывается идти в общественный туалет вместе с простыми людьми. Таким образом, он снова сосредотачивается на борьбе за право на въезд.

«Господин Обама, Колумб был просто лжецом. Он использовал весь испанский флот, чтобы отправиться в место, о существовании которого он уже знал», — заявляет Кёпелинг.

«Нет, господин Кёпелинг. По довольно банальной причине это не может быть правдой. Как уже объяснял Соловьёв, если человек произносит ложь, например, на поле, далеко от других людей, это не может считаться ложью, потому что никто не слышал эту ложь как таковую.

Насколько нам известно из учебников истории, Колумб никогда не говорил об этом. Следовательно, он никогда и не лгал».

Это очень веский аргумент, и господин Кёпелинг должен это признать. Тем не менее он понимает, к чему стремится Обама. Он не может смириться с тем, что первооткрыватель его страны не только антихрист, но теперь и лжец. Ведь и Обама — это человек с национальной гордостью. Так как он является президентом страны, которую открыл антихрист, реакция Обамы кажется господину Кёпелингу вполне понятной.

«Вы можете также рассматривать Колумба как социального лжеца, который действовал исключительно ради блага других», — предлагает Кёпелинг.

«Это вполне возможно. К тому же», — добавляет Обама, — «Колумб никогда не утверждал, что он был первым исследователем. Наоборот, он видел себя как своего рода церковного миссионера».

Для господина Кёпелинга этот последний аргумент только усиливает его беспокойство. Как далеко зайдёт Обама, чтобы защитить первооткрывателя своей страны? В конце концов, Обама — президент, и его основная задача — быть рядом со своей страной, когда она в нём нуждается.

Но господин Кёпелинг — умелый оратор, снова возвращает дискуссию к основной теме: «Но, как часто говорят, дьявол привлекает людей ложью, любой её формой, и это снова приводит к тому, что Колумб — тот самый нераскрытый антихрист. Он заманил людей в место, где они, конечно же, во благо всех, приняли первородный грех».

Обама пытается скрыть своё невежество улыбкой. Всё было так, как Кёпелинг уже объяснил. Колумб действительно был антихристом. К тому же он не теолог и не знает, какой термин был бы правильным, если бы сам Бог... но он не решается закончить эту мысль. Насколько ему известно, слова для этого нет. Однако это его беспокоит, потому что это никак не решает проблему первородного греха.

«Колумб был массовым убийцей, невежественно недооценённым антихристом. Вы абсолютно правы, господин Кёпелинг. Индейцы виноваты, и мы унаследовали их грех. Теперь вопрос в том, как нам правильно поступить. Действительно ли дело в загрязненной земле? Если всё это не связано с кармически загрязнённой землёй, тогда остаётся вопрос, возможно ли с точки зрения кармы, чтобы одна группа людей взяла на себя первородный грех другой группы или, как вы выразились, господин Кёпелинг, присвоила его?»

«Хм», — задумчиво потирает подбородок господин Кёпелинг, — «похоже, это означает, что карма подчиняется закону "переносимой логики". Кто-то совершает что-то очень плохое, и тогда накапливается плохая карма, которая обрушивается на кого-то другого. Отсюда, вероятно, и возник термин "любовь к ближнему". Не делай зла и всегда поступай хорошо, иначе кому-то, кого ты даже не знаешь, случится что-то плохое».

В компании такое происходило постоянно. В случае с «перенесённой логикой» господина Шульце наказывают лишением зарплаты, потому что господин Шмидт обошёлся компании в сто тысяч евро.

Господину Кёпелингу становится не по себе при мысли о временной бомбе, заложенной в Германии, учитывая её историческое прошлое. Холокост, Третий рейх. Как это отразится на карме всей страны? Особенно его беспокоит то, что он не знает, кого это коснётся больше всего. Возможно, это уже произошло. Возможно, массовое уничтожение евреев является причиной того, что американцы напали на Кувейт. Это казалось ему логичным примером «перенесённой логики». Даже двойной перенос. В своём воображаемом мире он видит, как президент Буш, являясь в данном случае невинной жертвой непостижимых для него связей, принимает следующее решение: «... афганцы напали на нас, и поэтому мы теперь разгромим кувейтцев».

Значит, это было не просто оговоркой Буша когда он отдавал приказ.

Мочевой пузырь начинает давить, и господин Кёпелинг постепенно начинает нервничать. Взгляд на часы показывает, что ему предстоит ещё как минимум два часа пути до Дармштадта. Выдержать это кажется невозможным. Одна мысль о том, что придётся воспользоваться общественным туалетом, приводит его в ужас. Микробы, запах, преступность... Слово «жертва» как будто написано на его лице, лице воина, «современного самурая».

Дорожный знак сообщает о следующей заправке через 500 метров. Надпись медленно проплывает мимо него. Несмотря на необходимость сильно сосредоточиться из-за усиливающегося давления в желудке, многочисленные образы в его голове подталкивают его продолжать путь. Картинки наркоманов с окровавленными иглами, дилеров и мужчин с огромными пивными животами, покупающих любовь за деньги. Для господина Кёпелинга общественные туалеты — это место крайне неприятной суматохи. Он включает круиз-контроль, чтобы максимально сместить своё тело и уменьшить давление, создаваемое сидячим положением, на мочевой пузырь и кишечник.

Тем не менее это мало что меняет в его положении. Ему всё труднее и труднее сохранять нормальное выражение лица, обгоняя другие автомобили.

Проезжая мимо водителя Audi, господин Кёпелинг смотрел на него с выражением чистого ужаса. На самом деле он просто пытался расслабить мышцы лица так, чтобы не казалось, что у него вот-вот лопнет аппендикс или из пупка вылезет инопланетный червь.

Это становится всё труднее. Дело доходит до того, что господин Кёпелинг вынужден прижиматься головой к окну, чтобы приложить достаточно силы к сфинктеру. Ему кажется, что он вот-вот сдастся. Пот сначала проступает на лбу, а затем начинает течь из всех пор. Спина уже мокрая и холодная. Как будто этого мало, на дороге появляется ограничение скорости — 100 километров в час.

Неохотно, но господин Кёпелинг снижает скорость до предписанной. Секунды, которые до этого казались минутами, теперь превращаются в часы, и он становится самым медленным путешественником во времени в истории.

Мальчик лет двенадцати, которому, вероятно, мама сказала: «Смотри, сынок, мы обгоняем BMW», в ужасе смотрит на него и указывает всей семье на то, что человек в BMW, возможно, умирает. Это не в последнюю очередь связано с большим пятном конденсата, которое господин Кёпелинг оставил на водительском стекле своей потной головой. Господин Кёпелинг отвечает взглядом. Он вспоминает книжку с картинками, которую читал в детстве. В ней объяснялись теории Альберта Эйнштейна в простой и наглядной форме. Помимо теории относительности там было изображение, которое описывало следующее: если два автомобиля едут рядом с одинаковой скоростью, пассажирам кажется, что они оба стоят на месте.

Господин Кёпелинг как раз в такой ситуации. Вся семья в соседней машине смотрит на него в ужасе. Рот и глаза господина Кёпелинга перекошены. Всё его лицо выглядит так, будто он умоляет о спасении.

Если бы мне только нужно было помочиться, – думает господин Кёпелинг, – *использовать пустую бутылку было бы не проблемой.* Это даже делают заядлые геймеры. Он уверен, что смог бы справиться с этим даже за рулём. Его фантазия не знает границ, он даже думает о взрослых подгузниках. Но он обходит стороной мысли о том, что скажет жена, если обнаружит эти подгузники.

Ещё один знак указывает на приближение к крупной автозаправке. Господин Кёпелинг понимает, что у него нет другого выбора. Ему нужно заехать на эту автозаправку и воспользоваться туалетом. Это решение вызывает у него чувство ужаса и облегчения одновременно. С отвращением, но целеустремлённо он направляется к туалету. Ведь в конце концов, сделать это в штаны было бы ещё хуже.

Когда он съезжает с автобана на паркинг, расположенный несколько ниже, господин Кёпелинг испытывает ощущение, похожее на то, когда лифт с рывком останавливается на нужном этаже. Это ощущение вызывает у него секундное расслабление сфинктера. Немного коричневой массы, которую он так мужественно удерживал, вырывается наружу. Он почти не осмеливается двигаться, ведёт себя так, будто сидит на мине. Первые люди, мимо которых он проезжает, смотрят ему вслед. Он старается подъехать как можно ближе к туалету, чтобы держаться подальше от других людей, но и не идти слишком далеко.

Он не хочет испачкать свои трусы, потому что его жена не потерпит такого. Он уже слышит, как она кричит на весь дом: «Гарольд Кёпелинг, что это такое?!»

Он вжимается нижней частью спины в сиденье и давит руками на руль. Левой ногой он упирается в пол машины так, чтобы между спиной, руками и ногой образовался своего рода подъёмник для его зада. При этом он сжимает сфинктер как можно сильнее и пытается двигать головой так, чтобы пот не заливал глаза.

«Я почти на месте», – несколько раз бормочет он сквозь напряжённое лицо.

Он подъезжает к зданию, где находится туалет, и видит, как одна машина освобождает место у входа.

Ему удаётся занять это место до того, как его успевает занять красный кабриолет, водитель которого носит чёрные солнечные очки. Как только он припарковался, он слышит и чувствует почти звериное урчание из глубины своих внутренностей. Медленно и осторожно, чтобы не опозориться перед всеми окружающими, он выходит из машины и двигается к входу в туалет прямыми, как палка, ногами, словно петух, чтобы ничего не выскользнуло. Ему бы хотелось облокотиться на стену, но она была слишком грязной для него.

Избегая микробов, он открывает дверь мужского туалета нижней частью ладони. К его удивлению, запах фекалий не такой сильный, как он ожидал. Скорее, пахнет химикатами. Внутри туалет выглядит как художественная мастерская. Каждый посетитель, казалось, оставил здесь своё имя, номер телефона, стихотворение или рисунок. На левой стене, где расположены писсуары, можно увидеть граффити. Писсуары так встроены в рисунок, что, пользуясь ими, приходится мочиться либо в рот инопланетянину, либо Мэрилин Монро.

Двери кабинок говорят о многолетней войне между уборщицами и вандалами. Войне, которую, по-видимому, давно выиграли вандалы. По крайней мере, последние два слоя стихов, рисунков и номеров телефонов остались нетронутыми.

Тихо, не будучи уверенным, что его кто-то слышит, он бормочет: «Клуб поэтов и художников за рулём», а затем заходит в одну из кабинок. При виде капель мочи на ободке унитаза его начинает так тошнить, что он чуть не обмочился прямо перед тем, как дойти до цели. Собрав последние силы, он достаёт из кармана гигиеническую салфетку. Открыв упаковку, он дезинфицирует сиденье, насколько это возможно, и бросает салфетку в унитаз. Одним движением он стягивает штаны и садится. Следующий момент становится божественным актом освобождения. Ему так хорошо, что на глаза наворачиваются слёзы облегчения.

Погрузившись в свою долгожданную и наконец достигнутую физическую свободу, он расслабленно сидит на унитазе, забывая обо всех каракулях и о страшном месте — туалете на автостоянке. В этом состоянии проходит примерно минута. Но затем до него доходит, что вскоре туалет могут занять подозрительные личности.

Пришло время убираться отсюда. Он тянется к держателю туалетной бумаги, но его пальцы наталкиваются лишь на пустую втулку, которая тихо звякает от прикосновения. Он в растерянности оглядывается вокруг. Он смотрит на пол и за спину, но бумаги нигде нет. Когда он обыскивает свои карманы, его охватывает отчаяние, так как он понимает, что у него нет салфеток и их поиск бесполезен. *Из огня да в полымя, –* думает он, сжимая руки в кулаки от отчаяния.

Кабинка

Следует ли мне использовать левый или правый носок? Или, может быть, кусок майки? Хм, если я использую один носок, то, конечно, лучше использовать и второй, или просто выбросить его. Если кто-то увидит, что у меня одна нога босая, а другая в носке, он может подумать, что я либо рассеянный, либо неуклюжий. Но если увидят, что я вообще без носков, это можно будет воспринять как модный тренд.

А что если во время заседания мои ноги будут дурно пахнуть, наверное, сыром или еще хуже, из-за кожи обуви? Черт, это было бы очень неловко, и дамы и господа на собрании наверняка почувствовали бы дискомфорт, а еще хуже, это стало бы темой для разговоров на мой счет в будущем. Господин Кёпелинг, который по-прежнему сидит на унитазе с серьезным выражением лица, находит еще один выход: *я, конечно, могу просто подождать, пока кто-нибудь зайдет, и попросить принести немного туалетной бумаги.*

Господин Кёпелинг раздумывает, как лучше обратиться к незнакомцу, который его не видит, и попросить у него кусочек туалетной бумаги.

Если бы я был тем, кого просят о туалетной бумаге, и не хотел бы помогать незнакомцу за дверью, будь то из-за нехватки времени или по другим причинам, я бы, наверное, просто не ответил. Я бы очень тихо пописал, чтобы он даже не понял, что кто-то все это время тихо стоял в туалете, а звук двери был вызван тем, что он вышел из помещения, или что кто-то просто открыл дверь, чтобы посмотреть, нет ли там кого-нибудь. Или ворвалась бы женщина, думая, что это женский туалет. Но потом она поняла бы, что это мужской туалет, или ее быстро оттащила бы внимательная подруга, чтобы она не зашла не в ту дверь.

Господин Кёпелинг отвлёкся и задумался. *Почему так много женщин ходят в туалет вместе? Что они там делают? Правда ли, что женские туалеты грязнее мужских?* – спрашивает он себя.

Лучше бы я сосредоточился на решении своей проблемы, а не размышлял о таких пустяках, как женская гигиена. Итак, мужчину, который первым войдет в дверь, думает господин Кёпелинг, *я попрошу туалетную бумагу. Вот и все! Но что, если это кто-то, кто меня знает? Из офиса или что-то в этом роде.*

«Господин Кёпелинг? Это вы?» – наверняка скажет он.

И потом, каждый раз, когда мы пересечемся у кофейного автомата в офисе, эта улыбка, которую мы оба знаем, – из-за маленького инцидента в туалете. Не говоря уже о моей бесконечной благодарности – которую я, вероятно, буду вынужден выразить. И все это за такой пустяк, как принести кому-то чёртову туалетную бумагу.

Да, этот человек, вероятно, возомнил бы, что, оказавшись в такой, казалось бы, банальной ситуации, его шансы на повышение в компании возросли. Или он рассказал бы об этом за ужином своей жене: «Представь, кому я сегодня принёс туалетную бумагу!» Возможно, он бы тут же рассказал об этом всей своей семье. Даже детям, которые при виде меня будут вынуждены думать о том, что господин Кёпелинг не может сходить в туалет без папиной помощи – а у детей и так буйное воображение.

Господин Кёпелинг с сердитым выражением лица наблюдает за своими мыслями, в которых разворачивается следующее: он видит детей этого человека, представляя, как они с гордостью рассказывают о подвигах своего замечательного отца: «Мой папа спас жизнь господину Кёпелингу на автостраде».

Вот гнилые ублюдки, думает господин Кёпелинг и продолжает обдумывать альтернативное решение своей проблемы. Очень раздраженный сложившимися обстоятельствами, он сосредотачивается на том, чтобы просто попросить туалетную бумагу у следующего человека, который войдет в дверь.

И действительно, господин Кёпелинг только закончил размышлять, как дверь открылась. Звук шагов подсказывает ему, что это кто-то направляется к писсуару. А он только что подумал, что

41

ему придется предупредить этого человека, чтобы он сначала проверил, есть ли здесь туалетная бумага, ведь у него ее нет...

Господин Кёпелинг делает еще один быстрый вдох через рукав своего костюма, а затем задает важный вопрос: «Извините, но у меня нет туалетной бумаги. Не могли бы вы принести мне бумагу?»

Ничего... Никакого ответа. Кроме звука мочи, бьющейся о фарфор писсуара, и проносящихся мимо на большой скорости машин вдалеке — только тишина. Господин Кёпелинг думает про себя, что, возможно, мужчина просто не услышал его. Может быть, у него включен плеер или маленький CD-плеер, минидиск, MP3-плеер или что-то еще.

И снова он, немного неуверенно, задает свой вопрос: «Эм, извините, я застрял здесь, в моей кабинке нет туалетной бумаги. Алло? Вы меня слышите?» Из ответа на ломаном немецком господин Кёпелинг узнает, что мужчина плохо говорит по-немецки. Он слышит, как мужчина застегивает молнию на брюках и покидает туалет.

Достало. Тот мужик точно что-то извращенное себе напридумывал. Даже если бы я сейчас снял носок, чтобы вытереть им задницу, неважно, как бы он потом вонял, мне бы пришлось ждать ещё минут десять или даже пятнадцать, прежде чем я смог бы снова выйти на парковку, чтобы избежать неловкой ситуации. Кто знает, о чём просят мужчины за закрытыми дверями туалетов в его стране? Наверное, он подумал, что это какая-то скрытая форма немецкого попрошайничества. Кажется, лучше всего использовать майку, размышляет господин Кёпелинг. Сказано - сделано.

Решительно, но со стилем, он начинает ослаблять галстук, как вдруг вспоминает о японских казино. Предположительно, у них в туалетах установлены камеры, чтобы следить за тем, не происходит ли какое-нибудь жульничество Он также знает, что бизнес казино часто контролируется якудза, японской мафией. Это люди, которые бесстрашно и безжалостно убивают по приказу. Из чувства чести, за совершённые ошибки, они отрезают себе пальцы. Их спины украшены искусными татуировками, которые вызывают восхищение даже в европейской татуировочной и художественной среде. Господин Мюллер недавно упоминал об этом на деловом ужине в непринуждённой обстановке.

Теперь мысли господина Кёпелинга возвращаются к началу. Сегодня существуют тонкие камеры, которые можно втиснуть в самые маленькие углы. Ему совсем не нравится эта идея и связанное с ней ощущение. Он оглядывается вокруг. Особенно подозрительным ему кажется вентиляционный люк на потолке прямо над его кабинкой. Он также осматривает дверную ручку. Возможно, вместо винтового отверстия была установлена камера. Его взгляд падает на особенно заметную надпись, сделанную золотым маркером, очень ровными линиями и красивым почерком рядом с ручкой.

Он наклоняется вперед настолько, насколько это возможно, чтобы разглядеть мелкие буквы, и начинает читать:

›Вирус кармы

«Вы все больны», — сказал врач с очень серьезным лицом.

«Название вашей болезни: плохая карма.

Эта болезнь крайне нарушает вашу способность взаимодействовать с окружающими.

Вирус, который лишает вас способности распознавать реальную природу происходящего.

Вирус, из-за которого вы чувствуете себя хорошо, когда имеете власть над другими или считаете себя лучше их.

Вирус, из-за которого вы приобретаете еще больше болезней и страданий.

Вирус, который заставляет вас распространять эти страдания.

Чем больше вы поражены этим вирусом, тем сильнее утрачивается ваша способность внимательно смотреть, вслушиваться и проявлять понимание. И чем больше это происходит, тем больше страданий вы будете распространять среди окружающих, заражая при этом и самих себя.

К сожалению, мои дорогие пациенты, для эвакуации города уже слишком поздно. Вам придется уйти в горы в одиночку.» ‹

Поскольку его все равно никто не слышит, господин Кёпелинг говорит сам с собой обычным голосом: «Хм, вот такая это штука, эта карма». Он задумался. Снова ища в темноте за вентиляционной решеткой камеру, он думает о наркомафии и постоянно меняющемся законодательстве о наблюдении, вызванном такими преступниками.

Господин Кёпелинг, уже ослабивший галстук, приостанавливается. Потрясенный, он понимает, что за решеткой над туалетом вполне может висеть одна, а то и несколько камер.

Ради Бога, если бы я сейчас снял майку и вытер ею свой зад! Господин Кёпелинг слегка бледнеет и становится еще более задумчивым. *Что, если бы это увидел какой-нибудь молодой полицейский, который не слишком серьезно относится к своей работе, но всегда не прочь посмеяться на чужой счет, и распространил видео в Интернете? Мое начальство, мои коллеги, мои соседи – что бы они обо мне подумали? Боже мой, если бы моя жена увидела, как я с голым торсом и спущенными штанами вытираю задницу майкой. Она могла бы посчитать это достаточным основанием для развода. Это привело бы к полному отказу от опеки над детьми. И это после стольких лет смены подгузников, бессонных* ночей, беспокойства о том, смогу ли оплатить все счета. Не говоря уже о сверхурочной работе в офисе. И для чего все это было нужно? Чтобы обеспечить семье хорошую жизнь. А потом все пошло прахом из-за какого-то молодого дурачка.

Влюбленная пара

«Алло? Есть кто-нибудь?» – вопросительно раздается неуверенный голос Кёпелинга.

В ответ он услышал возвышенный мужской голос: «Дворец фарфорового бога полностью в нашем распоряжении». Затем послышался женский смех. Господин Кёпелинг, погружённый в свои депрессивные мысли, не успевает среагировать. Поэтому ему остается только одно: подтянуть ноги к телу на сиденье унитаза так, чтобы со стороны казалось, будто унитаз не работает И затем — просто закрыть уши и терпеть. Но всё это не помогло. Он неизбежно становится «ушным свидетелем» гигиенического кошмара на автострадной стоянке.

Поскольку эта сцена никогда бы не получила разрешения на показ для несовершеннолетних, она остаётся под замком. Однако сейчас мы приведем пример. Это поможет вам лучше представить себе всю остроту ситуации, в которой оказался господин Кёпелинг. Но вернемся к господину Кёпелингу, который оказался в неприятной ситуации. Звуковой пейзаж заставляет его вспомнить об американском исследовании, в котором также упоминается, что более шестидесяти процентов женщин в мире никогда не испытывали оргазм. И эти шестьдесят процентов относятся к числу женщин, у которых вообще есть сексуальная жизнь.

То, что он слышит, заставляет его о многом задуматься. Из соседней кабинки доносятся какие-то стоны и пыхтение. Похоже, эти двое религиозны, потому что до его слуха доносится хриплое, почти умоляющее «О Боже». Поскольку дальнейшие события остаются за кадром, и сам господин Кёпелинг ничего не видит, а только слышит происходящее, стоит лишь отметить, насколько далеко может зайти человеческое воображение:

Представьте, что вы идете ночью по темному лесу. Темнота, страшные фигуры и жуткие звуки наверняка заставят почти каждого вспомнить о монстрах, зловещих фигурах или даже убийцах. Возможно, они даже притаились за ближайшим деревом? Что произойдет, если вы не успеете вовремя покинуть этот угрожающий темный лес? Эти мысли оправданы ночью, в одиночестве в лесу. Но днем, когда солнце проникает в каждый уголок, когда все хорошо различимо, этот лес стоит того, чтобы по нему прогуляться.

Пара выходит из помещения, а господин Кёпелинг уверен, что никогда и никому не расскажет обо всем этом. События сегодняшнего дня навсегда останутся его тайной.

Дверь в туалет снова открывается, и господин Кёпелинг понимает, что ему нужно уходить отсюда. Он подавлен и находится на пределе своих сил; ему нужен свежий воздух, а тесное пространство туалетной кабинки заставляет его задуматься о том, не страдает ли он клаустрофобией.

Во время пользования писсуаром он слышит, как двое подростков болтают на чистом немецком языке. С трепетом, но с облегчением от того, что наконец-то появилась возможность попросить у кого-то туалетную бумагу, он обращается к двум подросткам: «Извините, у меня нет туалетной бумаги. Не могли бы вы принести мне бумагу?»

Он слышит, как они спрашивают друг у друга бумагу для него. Ни у кого из них нет. «Но мы можем пойти и купить вам её в соседнем магазине», – отвечает один из них на вежливую просьбу.

Явно облегчённый, господин Кёпелинг настаивает на том, чтобы заплатить за бумагу. Так как у него нет мелочи, он протягивает им десятиевровую купюру под дверью туалетной кабинки. Однако у молодых людей нет сдачи, так как их кошельки находятся в машине на парковке. Облегчённый, но осторожный, потому что воздух в туалете не самый свежий, господин Кёпелинг вздыхает с облегчением. *Скоро я уже буду в машине, а сегодня вечером наконец-то в отеле. Там я выпью холодного пшеничного пива и просто посмеюсь над этой ситуацией*, думает господин Кёпелинг в приятном ожидании избавления от своей щекотливой ситуации. Проходят минуты, и он, убежденный в том, что в людях есть что-то хорошее, уверен, что молодые господа стоят в очереди для него в соседнем магазине.

Из-за стресса его пищеварение снова активизировалось, и он вновь облегчает себя. Поскольку он уже сидит на унитазе, он может воспользоваться ситуацией, и ему не придется останавливаться, чтобы сходить в туалет во второй раз. Дверь открывается, но это не те два мальчика с туалетной бумагой. Кажется, это целая группа путешественников, которые один за другим быстро пользуются писсуаром и исчезают еще быстрее, чем появились. Дверь снова открывается, и снова это не мальчики.

Нервозность господина Кёпелинга возрастает, и он задумывается, не стоит ли ему просто спросить кого-нибудь. Возможно, кто-то видел молодых людей, стоящих в очереди, или у них смена, или касса не работает, или им пришлось бежать к машине за кошельками. Количество вариантов кажется бесконечным. Возможно, они путешествуют в каком-нибудь туристическом караване.

Вот в дверь входят двое мужчин, но сразу направляются к кабинкам по своему выбору. Один слева от него, а через несколько секунд другой справа. Справа, но через несколько кабинок. *Опять не они*, с разочарованием подумал господин Кёпелинг.

И тут, как назло, он слышит то, чего предпочел бы не слышать, но теперь с нетерпением ждет, когда узнает, есть ли в других кабинках белое золото или нет. Он слышит, как сосед слева от него открывает клейкую печать на пачке салфеток. Его охватывает предвкушение, и он тут же спрашивает, не осталось ли у благородного дарителя салфеток.

«Это была последняя», — отвечает тот.

Мужчина спускает воду и уходит. Справа он слышит звук пустого держателя туалетной бумаги. Он улыбается и видит себя бегущим к кабинке мужчины, чтобы щедро вручить ему целую пачку бумаги.

Затем в мыслях господина Кёпелинга между ними происходит следующий разговор: «Большое спасибо, я даже не знаю, как отблагодарить вас», — говорит мужчина.

«Но что вы, вы мне ничего не должны. Помогать ближним — это естественно, и я бы воспринял как оскорбление, если бы вы почувствовали хоть малейший долг передо мной за это безрассудство», — отвечает господин Кёпелинг, который ещё несколько минут назад сам находился в подобном затруднительном положении в своём воображении. Но когда он снова столкнулся с реальностью, то понял, что его спасители были просто мошенниками.

Меня использовали, обманули и предали, — думает господин Кёпелинг теперь, когда он осознал горькую реальность. И вот он всё ещё находится в той же глупой и безнадежной ситуации. Он уже чувствует корку на своей коже, именно там, где «это» выходит наружу. И он понимает, что запах сыра, которого он так боялся, теперь меньшее из двух зол. Чем бы он ни вытирал корку, ему придётся окунуть это в воду, чтобы отклеить корочку от кожи и тем самым предотвратить последующее загрязнение. Или даже последующее смущение из-за неприятного запаха. Должен ли он плюнуть на неё или окунуть в воду в туалете? Он не знает, какой из двух вариантов кажется ему более отвратительным.

Человек справа от него, которого он, вероятно, не знает, заснул. Он отчётливо слышит его храп. Как неприятно будет снова встретить человека, который принесёт ему туалетную бумагу, в будущем. Например, на деловом ужине. «Хм, я вас откуда-то знаю», — скажет ему этот человек.

«Ху-ху-ху, господин Кёпелинг — отличный человек, чтобы попросить денег взаймы», — подшучивает он над бедным господином Кёпелингом.

«Я это прекрасно понял, и это не пройдёт бесследно», — мог бы ответить господин Кёпелинг.

И снова господин Кёпелинг набирается смелости, чтобы проявить инициативу. Ему ненавистна мысль о том, что он зависит от других людей. Как маленький ребёнок, которому приходится будить маму или папу по ночам, потому что он не решается выйти один в темноту посмотреть на чудовищ и пауков, если рядом нет хотя бы одного из родителей, чтобы защитить его.

Сейчас я досчитаю до десяти, а потом, независимо от того, потеряю ли я достоинство, сорву с себя рубашку и вытру задницу с уже засохшей коркой.

Божье наказание

Надо будет окунуть это в воду, чтобы как следует очистить задницу, размышляет господин Кёпелинг. *На случай, если во время собрания сломается кондиционер, и от меня будет пахнуть как от туалета. Раз... два... три... четыре... пять... шесть... семь... — а что, если в тот самый момент, когда я опускаю свою майку в воду, дверь с силой распахивают два сумасшедших наркоторговца, за ними начинается жестокий рейд спецназа, который сначала бросает в туалет слезоточивый газ, а затем таранами и автоматами вскрывает кабинку за кабинкой, и тут же торговцы, потому что им в глаза попал газ, начинают беспорядочно стрелять.*

Господин Кёпелинг уже представляет себе фото заголовка в Bild по всей стране. *Я,* — думает мистер Кёпелинг, — *изрешечённый пулями из автомата, с голым торсом, спущенными штанами и майкой, испачканной собственными фекалиями.*

В глубоком отчаянии и с чувством полной покинутости он оглядывается вокруг. Взгляд господина Кёпелинга блуждает по многочисленным настенным и дверным надписям. Это то, на что он, возможно, никогда бы не обратил внимания. Некоторые люди, видимо, тратят много времени на эти каракули, а другие совершенно не стесняются перерисовывать «произведения искусства» и «эпосы» своих предшественников другими цветами. Мысль о возможных многочисленных предшественниках вызывает у него отвращение. *Все эти бактерии! Сколько задниц, которые потели часами, а то и днями за рулем, сидели здесь передо мной? —* думает он ошеломлённо.

Чтобы справиться с отвращением и скукой, он теперь обращает внимание на разнообразные надписи:

›Я чувствую себя как птица, свободно летящая в небе, как человек, который мыслит и любит.‹

На самом деле это прекрасная поэзия, но стихотворение действует на него угнетающе. Он решает прочитать что-нибудь более длинное. Возможно, это поднимет ему настроение или отвлечет каким-то другим способом:

›Несгибаемая воля к выживанию

Совершенно без миссии, без цели, как собака, бродячая и пойманная в колесо жизни, которая бегает от одного мусорного бака до другого, вынужденная есть то, что ей предлагает улица.

Это не улица предлагает или запрещает, а путь, который собака когда-то выбрала, чтобы там жить. Если бы она только послушал своего хозяина, Чистого, который много лет назад дал ему хороший совет.

Как бы хорошо было ей сейчас, когда она, хорошо накормленная, валялась бы в тепле перед камином на большом медвежьем ковре и бездельничала.

Но собака выбрала путь, на котором она должна ожесточенно кусаться с другими.

Ожесточенная, полная страха и слабая, потому что ей нечего есть.

Иногда невыносимый голод доводит её до точки, состоящей не из чего иного, как из ясного душевного состояния.

Всегда в такие моменты он знает, что зёрна отсеиваются от плевел.

Ей противны законы природы, слабости, которые заставляют нас жертвовать собой ради жизни в служении другим.

Но она счастлива, эта собака, - да, потому что умеет радоваться мелочам жизни, - как и человек, который в минуты слабости говорит другим ложь о маленьких радостях жизни.‹

Что за люди приходят сюда и пишут такие вещи? Наверное, здесь никогда не бывает туалетной бумаги, иначе зачем кому-то тратить столько времени на написание таких ужасно депрессивных вещей Среди этих людей и те молодые парни, которые обманули господина Кёпелинга. Он погружается в еще более глубокое состояние паранойи.

Что мне делать, если они вернутся, выбьют дверь и нападут на меня? Или побьют меня и просто ради прикола, бросят мне обертку от жвачки, чтобы я вытерся ей? Я мог бы отпугнуть их коричневой массой, если бы пригрозил вымазать её на них. Я мог бы протянуть её к ним, как меч, и крикнуть: «Не подходите ко мне, у меня СПИД!», а потом сразу же позвать на помощь. Но если они знают, что заразиться можно только через кровь, то я просто прокушу себе руку и выплюну кровь в их сторону. Тогда они побегут спасаться. О Боже! А что, если какой-нибудь зловещий тип, мелкий преступник или тот, кто бросает камни с мостов на автострадах, захочет сыграть в туалетный покер? Конечно, с заряженными пистолетами. Если выпадет туз, он должен подойти к первой туалетной кабинке и выстрелить в неё. Независимо от того, есть в ней кто-нибудь или нет. Если выпадет двойка, он должен выстрелить во вторую кабинку и так далее, а потом ещё валет, королева и король. Стандартная покерная колода состоит из 52 карт, и возможности для жестокости практически безграничны.

Наконец мыслительный пузырь господина Кёпелинга, характеризующийся состоянием глубокой покорности, подходит к концу.

«Да, дорогой Бог. Спасибо тебе за великое наказание, которое ты для меня придумал», — удручённо шепчет он про себя.

Наверное, ты хочешь наказать меня за то, чего я сейчас даже не могу вспомнить. Почему ты так со мной поступаешь? — мысленно жалуется господин Кёпелинг Всевышнему и планирует больше никогда не платить церковные налоги и вообще покинуть церковь. Он представляет, как стоит дома на кухне и объясняет своим детям, что Бога нет. Что в жизни можно положиться только на себя. Что нельзя просто так доверять незнакомцам и что чтение в туалете — не такая уж плохая вещь. Мама их в этом заблуждала. Чтение безусловно имеет свои плюсы. Ведь есть влажные салфетки. Но если книга объемная и интересная, в крайнем случае, ее можно использовать, чтобы избавиться от засохших остатков.

Безвыходная ситуация, в которой оказался господин Кёпелинг, заставляет его выкрикнуть слова, кружащиеся у него в голове. «Я не дам тебе меня сломить!», кричит он Богу, чтобы выпустить немного своего гнева. «И вам, подлым людям, которые думают, что я от вас завишу, тем более. Ах, если бы я был книгочеем, я мог бы просто вырвать страницу из своей книги и вытереться ей», добавляет он.

Господин Кёпелинг понимает, как никогда раньше, что он полностью зависит только от себя. Никто не принесет ему больше туалетной бумаги. Никто не предложит ему помощь. Возможно, ему было бы лучше, если бы он не был последним человеком, который верит в христианскую любовь к ближнему. Это не стоило бы ему и десяти евро.

И тут до него доходит, словно пелена с глаз спадает. Евро. Они же из бумаги... Он вспоминает историю, которую когда-то читал. Речь шла о человеке. Враче, который пережил катастрофическое наводнение и остался на вершине горы диаметром около метра, вокруг была только вода, сколько глаз хватает. У него ничего не было, кроме медицинского чемоданчика. Чтобы не умереть с голоду, он должен был принять трудное решение: какую часть тела отрезать первой?

Господин Кёпелинг чувствует себя лучше от внезапного озарения, но теперь размышляет, что для него важнее: Десятка, которую будет труднее использовать, или сотня?

Золотая решётка

Пока господин Кёпелинг размышляет о том, как бы ему вычесть из налогов те сто евро, которые он собирается использовать для очистки своей задницы, с высоты птичьего полета читатели видят, как пожилой мужчина с белой бородой входит на парковку из ближайшего леса и направляется прямо к кафе. Проходя мимо пожилого мужчины с белой бородой, двое молодых людей, которые только что намеренно обокрали господина Кёпелинга, благодарят щедрого дарителя за деньги на закуски для поездки.

Хм, думает этот мужчина, *с подарками от королей и императоров нужно быть крайне осторожным.*

Он вспоминает историю, которая произошла с простым крестьянином, его старым другом. Император пригнал к его простому фермерскому дому кареты, полные золота, серебра, изысканных одежд и тому подобного, чтобы склонить его к службе при дворе в качестве своего ближайшего советника. Но простой фермер, к ужасу своей жены, отказался от всех этих дорогих вещей и престижа, отказался от всех этих драгоценностей и почестей. Ах, сколько от этого было неприятностей. Жена ругала и ругала его. «Богатство и почести, которыми мы могли бы наслаждаться ... а ты от всего этого отказался», — упрекала она его.

Спустя годы к власти пришел новый император, и всем, кто был в союзе со старым императором, отрубили головы. Её родственников тоже вычислили до девятой степени родства и всех их убили. Теперь уже никто не сердился на фермера. Даже жители деревни больше не смеялись над его скромностью, ведь все они были рады, что сохранили свои головы.

С картинок на указателях придорожного сервиса наш друг с белой бородой узнаёт направление к месту для справления нужды и уверенно направляется туда.

Тем временем у господина Кёпелинга, чей план списать сто евро с налогов начинает трещать по швам, начинается нервный срыв. Риск, который он пытается оценить, кажется ему чрезмерно высоким. Несколько свидетелей, вызванных налоговой инспекцией для тщательной проверки его финансов, дают показания против него в Федеральном суде. Он сидит в туалете с прямой спиной и смотрит на дверь, пока в его голове разыгрывается следующий ужасный сценарий налогового расследования.

Свидетель номер один — бизнесмен, около 30 лет, в тёмно-сером костюме, спортивного телосложения, с зализанными назад светлыми волосами, голубыми глазами, проживающий в собственном доме, без спортивного автомобиля, чемпион региональной лиги по шахматам, наёмный работник. Он показал, что не встречал г-на

Кёпелинга в баре отеля в тот день и что, следовательно, сто евро не могли быть потрачены там.

А ещё барменша, женщина примерно 50 лет, в свободное время работающая волонтёром в доме престарелых. Когда она называет судье имя этого учреждения, тот на мгновение замирает. Название дома престарелых ему кажется знакомым и близким.

Возможно, думает господин Кёпелинг, *его мать или лучшая подруга его матери живёт именно в этом доме.* Буфетчица говорит, что не видела господина Кёпелинга в баре отеля в тот день, и добавляет, что он мог просто взять расписки у других постояльцев, членов его деловой делегации, в другой раз, чтобы заработать немного больше денег.

В конце концов против него выступает владелец гостиничного бара. Он владеет несколькими барами и ресторанами, является главным спонсором местного полицейского спортивного клуба, имеет медвежье телосложение и является тихим парнем. Он утверждает, что его не было в отеле в тот день, о котором идет речь. Однако к показаниям своей сотрудницы он добавляет, что у неё особенно хорошая память и она обычно помнит, что заказывали гости, даже спустя годы. «У неё, — он задумывается на пару секунд, а затем с вопросительным взглядом по залу бормочет, — как это называется? А, вот вспомнил, у неё абсолютная память. Она практически ничего не забывает из того, что когда-либо слышала или видела».

Чёрт, — думает про себя господин Кёпелинг. — *Теперь мне крышка. Моя возможность въехать в Америку после разговора с Обамой под угрозой, и теперь ещё и работа может быть потеряна.*

Владелец гостиничного бара продолжает: «В результате она также знает, кого точно не было в баре отеля в тот день. А именно, господина Кёпелинг». В замедленной съемке господин Кёпелинг слышит, как он говорит: «Он пытался обмануть налоговые органы Федеративной Республики Германии». Господин Кёпелинг в точности видит, как налоговые следователи, поймавшие его, сходят с ума от радости в своем кабинете.

Серьёзный взгляд судьи, принимающего во внимание сказанное, заставляет господина Кёпелинга сесть глубже в кресло под тяжестью вины. И вот окончательный штрих. Рука барменши, нетерпеливо поднимающаяся и тянущаяся вверх, словно крича «я, я, я», привлекает внимание. Её ноги также возбужденно дергаются вверх-вниз. Ей вспомнилось что-то важное.

Судья благодарит владельца гостиничного бара за его проницательные показания и отпускает его со свидетельского места. Судья предоставляет слово хозяйке бара. После чего она рассказывает суду следующее: «20 лет назад я обслуживала прокурора в баре отеля». Судья смотрит на прокурора и спрашивает, правда ли это. Он также выглядит озадаченным и вопросительно смотрит на это заявление. «Да, да, — говорит она, — вы приходили к нам каждый вечер и до глубокой ночи работали над делом для Международного суда, касающимся справедливости в риторике и действиях по отношению к Восточному блоку за последние 30 лет. Каждый вечер, приходя в наш бар, вы заказывали крем-брюле, которое, как говорят, было названо так Наполеоном во время его пребывания в Лейпциге. На десерт вы всегда пили чашку ромашкового чая, который снижает внутренний огонь и успокаивает нервы. В завершение трапезы вы с удовольствием ели блюдо под названием "Лейпцигский жаворонок", изобретенное после запрета на охоту на жаворонков».

«Я пропал», — шепчет господин Кёпелинг. «Три умнейших, успешных и почти святых в глазах общества человека свидетельствуют против меня. В итоге все подумают, что этих ста евро никогда не существовало. Они поверят, что я выдумал всё это, чтобы...» У господина Кёпелинга на глаза наворачиваются слёзы. Он плачет, потому что понимает, что это значит. Его сочтут за обыкновенного вора. «И это после всех тех лет, когда я исправно платил налоги», — продолжает шептать господин Кёпелинг, склонив голову и глядя на кафельный пол туалета перед собой, где написано: «Когда другие думают, что мы сломлены, мы лишь готовимся к прыжку». Затем он снова смотрит прямо на дверь.

«Это правда», — удивлённо подтверждает прокурор. «Я до сих пор с удовольствием ем эти блюда. И да», — он кивает судье, — «я действительно тогда вёл это дело, касающееся справедливости в риторике и действиях по отношению к Восточному блоку». Господин Кёпелинг чувствует себя как лишний на собственном суде. Кажется, что он стал совершенно побочной темой.

Выражение лица прокурора становится немного грустным, а судья, которому это дело не чуждо, на мгновение становится очень серьёзным. Затем он говорит, опустив взгляд: «Десятилетиями мы, жители Запада, относились к Восточному блоку свысока». Судья, выходец из старых федеральных земель, утверждает, что теперь, когда он стал старше и мудрее, ему стыдно за своё дразнящее поведение, которое в долгосрочной перспективе могло привести только к плохому. «Мы вели себя как дети в детском саду и постоянно отпускали унизительные шутки о людях второго сорта и бесцветности Востока.»

И вот опять эта рука «я, я, я». «Да, пожалуйста, милая леди», — говорит судья.

У господина Кёпелинга сжимается желудок. *Они всё больше находят общий язык, ещё немного и начнут обращаться друг к другу на «ты». Чем же это закончится для меня? В конце концов меня накажут за десятилетия унижения Восточного блока.*

Слово предоставляется барменше: «Я до сих пор помню, как они разговаривали по громкой связи с Папой Римским, когда я принесла счёт. Он сказал, что для Восточного блока еще не пришло время и что они должны прекратить свои расспросы о справедливости по отношению к Восточному блоку. Но если серьезно, господин судья, в Восточном блоке теперь есть телевизоры, киностудии и все такое. Скорее всего, все закончится тем, что люди будут кричать друг другу через золотые решётки о том, как манипулятивна и лжива другая сторона. Но поскольку у обеих сторон есть телевизоры и киностудии, дело и дальше будет развиваться в тупик». Судья, прокурор и свидетели против него некоторое время продолжают утверждать, что им просто не хватало необходимого образования в те времена, когда они еще смеялись над Восточным блоком. Поскольку в то время в Западной Германии дела у них тоже шли очень плохо, школьные учителя не научили их человечности. У них не было для этого ни книг, ни малейшего интереса к тому, чтобы перестать унижать Восток. «Поскольку все так говорили и вели себя, мы просто смирились с этим. Мы просто ещё не были достаточно зрелыми. Ну и ладно, проехали», — говорит судья. «Нам самим вовсе и то не видна наша высокомерная, унизительная манера поведения».

Поймали!

С большим стыдом господин Кёпелинг должен признать, что он вытерся стоевровой банкнотой, но ни судья, ни его адвокат ему не верят. Дело переходит в следующую инстанцию. Всё становится ещё более унизительным. Психическое состояние господина Кёпелинга ухудшается из-за осознания, что он не сможет использовать эту банкноту. В его голове бушует война логики.

Десятка или сотня? Которую из них выбрать? Его нервный срыв доходит до критической точки, и господин Кёпелинг начинает кричать во весь голос. В этот момент старик, которого мы видели с высоты птичьего полёта, входящего на парковку, открывает дверь во дворец Фарфорового Бога. Навстречу ему доносится крик «Сраная в-о-о-й-н-а-а-а логики!».

Он заходит в пустую кабинку рядом с кабиной господина Кёпелинга, достаёт из наплечной сумки пачку целлюлозных салфеток и вытирает ими капли воды и мочи с унитаза. Затем он присаживается и слушает, как господин Кёпелинг всхлипывает, всхлипывает и всхлипывает, пока делает свои дела. Ему становится жаль соседа, он достаёт ещё одну бумажную салфетку и без всякого умысла протягивает её под перегородкой между двумя фарфоровыми богами.

Господин Кёпелинг даже не замечает этого. Он плотно закрыл глаза, чтобы сдержать слёзы, и всё ещё не хочет признать своё ужасное положение. «Ну возьмите же», — говорит голос из соседней кабинки. «Это не подарок императора». *Что?* Господин Кёпелинг ошеломлён выбором слов незнакомца и сквозь слёзы смотрит на салфетку. Он не может поверить своим глазам. То, что раньше казалось почти невозможным, теперь происходит как бы само собой. Словно это пустая иллюзия, он тянется к ней и с трудом верит, что она на самом деле настоящая. Выражение лица господина Кёпелинга напоминает лицо человека, который, оказавшись на необитаемом острове, находит хорошо запечатанную коробку с энергетическим батончиком Hongzai со сроком годности, который ещё не истёк.

«А что касается внутренний войны логики, который у вас происходит», — слышит господин Кёпелинг слова своего соседа. *Чёрт, он услышал, как я кричал. Теперь мне нельзя, чтобы он меня увидел!*, — думает господин Кёпелинг, качая головой. «Есть хорошие новости для вас, когда всё это закончится, — продолжает его сосед, — тогда у императора и у царя, до самого южного края Восточного блока, где правит канцлер Шо, все религии смогут мирно сосуществовать. При условии, что они будут уважать своих правителей. Возможно, это принесёт вам немного радости на будущее и немного покоя».

«Вы помогли мне выйти из очень неловкой ситуации с помощью этой салфетки, но кто такой канцлер Шо и откуда вы так точно знаете о религиях?» — спрашивает господин Кёпелинг. «Молодой человек, — отвечает голос. — Всё очень просто. Восточный блок говорит на другом языке, а также имеет совершенно другие способы общения и понимания. Более того, кому это может быть интересно здесь, в Германии? Публичное символическое объединение религий, чтобы все могли жить в мире под одной крышей, недавно произошедшее в Восточном блоке, здесь даже не упомянули в заголовках.

Здесь нет ничего из древнего знания. Здесь отсутствуют законы гор, которые объединяют всех там живущих в спокойную и мирную симбиозу, или, проще говоря, старых обычаев уважения и искренности».

Господин Кёпелинг внимательно слушает. Он успокаивается, сам того не замечая. Между делом он разрывает бумажную салфетку пополам, затем опускает одну половину салфетки в воду под собой, чтобы очистить задницу от корки. Другой половиной он вытирается насухо. Затем он спрашивает незнакомца: «Откуда вы всё это знаете и кто вы?»

«Из новостей Восточного блока, и меня зовут Чжан Чжунъи».

«Кёпелинг, меня зовут Харальд Кёпелинг», — отвечает господин Кёпелинг.

«Господин Кёпелинг, я надеюсь, что у вас будет приятный день». Господин Кёпелинг ошеломлён. Он не может поверить, что его задница теперь чиста и, самое главное, что он наконец может покинуть это ужасное место. Он замечает, что его ноги затекли и болят от долгого сидения на унитазе, когда он пытается встать, чтобы натянуть брюки. *Здорово, когда в середине жизни уже появляются физические повреждения. Надеюсь, я смогу доехать до Дармштадта с этими затёкшими ногами.*

Чжан Чжунъи смывает за собой и слышит, как Кёпелинг, уже умывая руки кусочком бересты у раковины, говорит: «Вам также приятного дня и спасибо огромное».

«Не за что», — с лёгкой улыбкой отвечает Чжан Чжунъи.

Об авторе

sHanLi 山力, гражданское имя Christoph S., родился в Лейпциге. Как внук немецкой оперной певицы и лауреата национальной премии ГДР по искусству и литературе Philine Fischer Sannemüller (Первая исполнительница Генделя после Второй мировой войны), он десять лет учился в музыкальной школе Иоганна Себастьяна Баха. В 16 лет он уехал в Китай и с 1998 по 2013 год жил в Шаолиньском монастыре Суншань в провинции Хэнань. Там он получил свое дхарма-имя Shi Hengjin. В течение этих лет он учился у различных буддийских и даосских мастеров и вернулся в Европу через более чем десять лет как практикующий буддист. Документальный фильм «Семь лет Шаолинь» (filmfee, 2005) показывает часть его жизни в монастыре. sHanLi 山力 автор нескольких книг, включая "The Discovery" (Songshan Shaolin Temple, 2007), "THE GIFT - Das Geschenk" (fhl Verlag Leipzig, 2013) и "Die 13 Shaolin" (Angkor Verlag, 2023).

Liebe Leserinnen und Leser,

Die Kabine ist eine Geschichte, die bereits im Jahr 2013 in dem Buch „The Gift - Das Geschenk" vom fhl Verlag Leipzig, unter anderem Namen veröffentlicht wurde. Das Kapitel „Das Goldene Gitter" wurde neu hinzugefügt und ist somit im russischen, wie auch im deutschen eine Erstveröffentlichung.

„Das Goldene Gitter" ist die zwar unsichtbare, aber dennoch spürbar vorhandene Grenzlinie zwischen unseren Kulturen. Durch sie hindurch und darüber hinweg, werfen, stecken und verbreiten Länder und Nationen, gleichermaßen geblendet von den Geistesgiften, ihre Annahmen, Meinungen, Lügen und Wahrheiten.

Ich wünsche mir von Ihnen, nachzuvollziehen, dass ich an keiner Stelle dieser Geschichte politische Meinungen vertrete und daran erinnern, dass bei jeder Annahme drei Finger auf sich selbst zeigen.

Alle Fehler, die in diesem Buch vorkommen, sind die meinigen. Mit großer Vorsicht versuche ich kulturelle Türen offen zu halten und im Stillen als Kulturdiplomat zu dienen.

Möge Ihnen die Geschichte Freude bereiten und eines Tages vielleicht als Brücke für ein besseres Verständnis und Miteinander zwischen unseren Kulturen dienen.

sHanLi 山力

„Shan Li hat in seinem Buch das Kopfkino von Herrn Koepeling meisterhaft dargestellt. Er zeigt, wie die Menschen eine »Theorie des Geistes« haben. Eine »Theorie des Geistes« zu haben bedeutet zu verstehen, was ein anderer denkt, d.h. einem Anderen Überzeugungen, Wünsche, Ängste und Hoffnungen zuzuschreiben und zu glauben, dass der andere diese Gefühle als Geisteszustand erlebt. Du hast eine geistige Position (eine Ansicht über etwas) und ich habe eine geistige Position (eine Ansicht über eine Ansicht). Wenn deine geistige Position eine Ansicht über meine geistige Position ist, dann können wir sagen: »Ich bin der Ansicht, dass Du der Ansicht bist, dass ich der Ansicht bin, dass etwas der Fall ist.« Das wird Stufen der Intentionalität genannt. Stufe 0 Maschinen, Mensch im Koma, Kleinstkinder Stufe 1 Ich denke, … Stufe 2 Ich denke, dass Du denkst … Stufe 3 Ich denke, dass Du denkst ich könnte denken … Stufe 4 Ich denke, dass Du denkst, ich könnte Denken, Du würdest denken … Beispiel: Ich vermute [1], Sie werden sich fragen [2], ob mir klar ist [3], wie schwer es für Sie mit Sicherheit zu verstehen ist [4], ob ich meine [5], dass Sie erkennen können [6], dass ich glauben kann [7], dass Sie von mir eine Erklärung dafür wollen [8], dass die meisten Menschen nur fünf oder sechs Ordnungen der Intentionalität zurück verfolgen können. Kurz: Ich habe mehrmals die Geschichte von Herrn Koepeling gelesen und immer wieder herzhaft gelacht. Danke Shan Li.“

Shi Yancheng

Die Kabine

Diese Geschichte handelt vom Gegenteil der inneren Ruhe. Sie ist eine niedergeschriebene Verbildlichung der Gefahr den Geist endlos neue Verknüpfungen spinnen zu lassen, ohne zwischendurch den körperlichen und geistigen Reset-Knopf zu drücken.

Anfahrt

Herr Koepeling, ein Familienvater, der für einen großen pharmakologischen Konzern arbeitet, ist auf dem Weg nach Darmstadt. Zu seinen Aufgaben im Konzern gehört der Bereich ›Internationale Beziehungen‹, daher nimmt er oft an Treffen mit Vertretern aus dem Ausland teil. Lange Anfahrten sind nichts Ungewöhnliches, und um seine Zeit mit etwas Sinnvollerem zu verbringen, als nur auf die Straße und die unter ihm verschwindenden Straßenmarkierungen zu starren, hört er auf solchen Touren Sendungen, die sich mit anderen Kulturen und deren Gepflogenheiten beschäftigen, um sich auf Meetings mit Vertretern anderer Länder vorzubereiten und seine interkulturelle Kompetenz zu stärken. Seit Stunden ist er bereits auf der Autobahn unterwegs und lauscht einem Bericht über die japanische Kultur. Da zu dem morgigen Meeting neben Amerikanern auch Japaner kommen sollen, passt das gut.

Es ist ihm wichtig, das nötige Wissen über die jeweilige Kultur der asiatischen Partner zu haben, um auf den Small Talk, der besseren Business-Beziehungen dient, vorbereitet zu sein. Auf die Amerikaner ist er gut vorbereitet. Er kennt zumindest die Tabuthemen. Amerika ist, wie Herr Koepeling schon in der Schule lernte, ein Kontinent, der Anfang des ersten Jahrhunderts von einem Europäer namens Leif Eriksson entdeckt wurde. Diese geschichtliche Tatsache wird heute gern unter den Teppich gekehrt. Amerikaner sind nicht stolz darauf, dass eigentlich alles an der Ostküste Kanadas begann.

Verständlich, denn bei den Briten ist das ja auch nicht anders. Es verletzt den Nationalstolz der Briten, wenn man erwähnt, dass das Blut, das in den Adern ihrer Königin fließt, aus einer deutschen Adelslinie stammt. Stößt man nach einem erfolgreichen Deal mit Champagner an, dann bringen die Briten voll Stolz und Freude auch einen Toast auf die Königin aus, ›to God and the Queen‹. Dann darf man sich auf gar keinen Fall mitfreuen. Denn das führt dazu, dass man komisch angeschaut wird, da sie ja nicht die deutsche Königin ist. Wenn man daraufhin, um nicht wie ein Mitläufer auszusehen, erklärt, dass man sich freut, weil der deutsche Adel es im Ausland so weit gebracht hat, dann ist die Atmosphäre ganz im Keller.

Die offizielle Entdeckung Amerikas verlief ganz anders als die inoffizielle durch Leif Eriksson, wie Herr Koepeling weiß. Erst gegen Ende des 15. Jahrhunderts wurde der Kontinent offiziell gefunden. Von einem Genueser, der Kolumbus hieß. Diesmal zählte es wirklich, denn der Kontinent war an der ›richtigen Stelle‹ gefunden worden. Außerdem wurde er von da an mit großer Präzision den Einheimischen weggenommen.

Nachdem Kolumbus es geschafft hat, Amerika an der ›richtigen Stelle‹ zu finden, kam es zu einer solch gewaltigen Auswanderungswelle aus Europa, dass es für die Einheimischen nicht mehr genug Platz gab. Die Indianer, die so genannt wurden, weil die Spanier dachten, sie hätten den Seeweg nach Indien gefunden, wurden dabei einfach übergangen. Die, die sich widersetzten, wurden getötet und der kleine Teil, der die ethnische Säuberung überlebte, wurde in Reservoirs gesperrt. Später bekam dieser skrupellos dreiste Diebstahl eines ganzen Landes den Codenamen ›Übersiedelung‹. Um dem ›Übersiedlungsprojekt‹ noch ein I-Tüpfelchen zu verpassen, kümmerte sich eine weltweite Organisation von Handwerkern darum, eine große Statue zu bauen, die dann zum Unverständnis der Indianer auch noch ›Freiheitsstatue‹ genannt wurde.

Zu erwähnen, dass Amerika gestohlen wurde, steht in Gesprächen mit Amerikanern allerdings auf der Liste der großen NO-GOs; gerade dann, wenn Herr Koepeling sich mit Amerikanern geschäftlich trifft. Zum Glück kommt es eher selten vor, dass diese auf Kolumbus als Entdecker Amerikas und auf die große Übersiedlung tranken, denn als Deutscher wäre man dann jedes Mal gezwungen, ›Leif Eriksson‹ zu murmeln. Allein schon deshalb, weil es einfach viel zu sehr auf der Zunge brennen würde.

Jeder trägt einen gewissen Nationalstolz in sich. *Wenn Hitler ein guter Mensch gewesen wäre*, so ist Koepeling überzeugt, *dann würden wir Deutschen nach einem gelungenen Deal womöglich noch heute auf das Deutsche Reich und den Führer anstoßen.*

Es ist sicher keine gute Idee, sich auf religiöse Diskussionen mit Vertretern anderer Länder einzulassen oder gar deren Nationalstolz anzugreifen. Gerade dann nicht, wenn man mit ihnen den nächsten Deal abschließen will, da ist sich Koepeling sicher. Trotzdem macht sich Herr Koepeling oft Gedanken darüber, warum die Chinesen nicht zu Hunderttausenden auf die Straße gehen, um für die Rechte der Indianer zu demonstrieren. Die Amerikaner kümmern sich doch auch ständig um die Innenpolitik der Chinesen. Es kann unmöglich daran liegen, dass es in China nicht genug Menschen gibt, die sich auf der Straße zu Hunderttausenden für die Indianer einsetzen könnten. Vielleicht ist es eher ein chinesischer Grundwert, sich nicht in die Politik anderer einzumischen.

Manchmal sitzt Herr Koepeling vor dem Fernseher und wartet darauf, dass der chinesische Außenminister dem amerikanischen tief in die Augen sieht und ihn, wenn die Sache mit den Menschenrechten aufkommt, nach dem Wohlbefinden der Indianer fragt. Auch könnte man fragen, wann die Amerikaner sich wieder zurückziehen werden und wie viel Geld sie sich diesmal von China leihen wollen, um den Umzug zu finanzieren. Vielleicht sind aber die Indianer menschlich gesehen einfach nicht wertvoll genug, und das mit den Ewigen Jagdgründen und Ruhestätten ist alles nur Quatsch.

Während er gemächlich eine uralte französische Ente überholt, lauscht er weiterhin der Sendung und lernt, dass die Japaner bis heute großen Wert auf den Geist des Samurai legen, und dass viele der Werte des Bushidos in die Welt des Business übernommen worden sind.

Der Sprecher erklärt: »So versucht also ein japanischer Geschäftsmann sich bei Verhandlungen so hinzusetzen, dass er ein Fenster und damit das Licht der Sonne im Rücken hat. Das lässt ihn mächtiger oder wichtiger erscheinen. In einem Schwertkampf würde das den Gegner blenden.«

Der Radiosprecher ist sehr deutlich zu hören. Nach einer Reihe von Beispielen, die Parallelen zwischen dem Zweikampf und erfolgreichen Geschäftsstrategien beschreiben, macht er eine kleine Pause. Herr Koepeling kann das Geräusch des Umblätterns vernehmen. Der Sprecher fährt fort: »Der Krieger von gestern ist der Geschäftsmann von heute. Was gestern noch Schwert und Bogen waren, sind heute Laptop und Mobiltelefon.«

Das findet Herr Koepeling toll. In der Gewissheit ein erfolgreicher Krieger, ein ›Samurai der Neuzeit‹ zu sein, drückt er noch ein wenig mehr aufs Gaspedal. So kann er zeitig genug in Darmstadt ankommen, um sich auch wirklich ausreichend auf die morgige Schlacht vorzubereiten. Die Fahrt ist noch lang und es ist keine schlechte Idee, noch einige Stunden dafür einzuplanen, vorsichtig und gewissenhaft über Details eventueller Vertragsänderungen nachzudenken.

Der Sprecher berichtet auch über die Wichtigkeit des Selbstmordes, ›Harakiri‹ oder ›Seppuku‹ genannt, und in welcher Situation ein solcher im alten Japan durchgeführt werden musste. Der Gedanke daran, sich mit einem Schwert den Bauch aufzuschneiden und dann auch noch seine Innereien herauszuholen, kommt Herrn Koepeling äußerst schmerzvoll und ekelerregend vor.

Eins kommt zum anderen, und der Gedanke an den Stich- und Schneidvorgang mit dem Schwert fokussiert seinen Geist ganz auf den Bauchbereich, in dem er den ansteigenden Druck von Fülle und der sich anbahnenden Notwendigkeit, einen Lokus aufsuchen zu müssen, verspürt.

Der Sprecher fährt fort: »Der Weg des Kriegers spielte auch eine große Rolle in der japanischen Kriegsführung gegen die Amerikaner. Er diente vor allem zur Motivation junger Soldaten, dem Tod furchtlos ins Auge zu sehen. Gegen Ende des Zweiten Weltkrieges wurde eine Gruppe von Piloten ausgewählt, die bereit war, für ihr Land zu sterben. Die Mission lautete, sich nach Abwurf aller Bomben, samt Flugzeug, in ihr Ziel zu stürzen. Der Name dieser ersten Gruppe von Fliegern, die eine solche Mission ausführten, war Kamikaze, ›heiliger Sturm‹.«

»Später«, so erklärt der Sprecher, »wurden im Ausland fälschlicherweise alle Selbstmordkommandos als Kamikaze bezeichnet. Daher wird dieser Begriff überwiegend außerhalb Japans verwendet. Über viertausend japanische Soldaten kamen im Krieg gegen die Alliierten wegen solcher Himmelfahrtkommandos ums Leben. Da auch das nicht verhinderte, dass Japan des Krieges verlor, entschuldigte sich der verantwortliche General bei den

Familien, deren Söhne er in den sicheren Tod geschickt hatte, und starb dann den Ehrentod. Harakiri.«

Oh Gott, denkt sich Herr Koepeling, *wie würde es aussehen, wenn das in unserer heutigen Kultur noch üblich wäre?*

Für Koepelings gedankliches Experiment muss nun sein Assistent Schmitt herhalten. Dieser hatte bei seiner Arbeit einen schwerwiegenden Fehler gemacht. Was das bedeutet, wird er wohl gleich herausfinden … In Herrn Koepelings Gedankenblase läuft der Assistent zum Schwertkasten, den gäbe es ja dann auf jeder Chefetage, und holt sich gleich im Büro die Innereien heraus. *Obwohl*, denkt Herr Koepeling, *die deutsche Selbstmordkultur müsse nicht unbedingt mit einem Schwert in Verbindung stehen. Gerade in der heutigen Zeit wäre man sicherlich dezenter und würde vielleicht einen Federhalter oder Kugelschreiber verwenden. Das passt ja auch viel besser zu einem ›Krieger der Neuzeit‹.*

Während er geschmeidig an einem Lastwagen vorbeizieht, spielt sich in seiner Gedankenblase Folgendes ab: Schmitt steht mit geradem Rücken vor Herrn Koepeling im Büro und sagt zu ihm, was für eine große Ehre es gewesen sei, für ihn gearbeitet zu haben. Er verneigt sich anschließend würdevoll vor ihm und steckt sich dann mit einem kleinen Ruck den goldenen Füllfederhalter, den es letztes Jahr für alle Angestellten zu Weihnachten gab, ins Ohr.

Nachdem das gedankliche Geschehen mit dem Ehrentod des Assistenten endete, startet Koepeling ein neues Gedankenexperiment, dessen Versuchsobjekt ebenfalls der Assistent Schmitt ist. Vorlage dafür ist ein japanischer Mafiafilm, den er bei seinem letzten Auslandsbesuch im Hotel gesehen hatte.

»Schmitt, Sie haben sich zweimal verschrieben, rechtfertigen Sie sich.« In Koepelings Gedankenblase rennt Herr Schmitt vor dem versammelten Kollegium zum Fingerbrett, das auf einem eigens dafür hergerichteten Tisch im Versammlungsraum, bedeckt von einer kleinen Glasvitrine, steht und schneidet sich den kleinen Finger der linken Hand ab.

Klasse, denkt Herr Koepeling, *das wäre eine enorme Motivation für alle Mitarbeiter. Ich würde dann auch keine lästigen E-Mails mehr bekommen, nachdem ich irgendjemanden, den ich nicht mal persönlich kenne, gefeuert habe.*

Diese Memmen, denkt sich Herr Koepeling und muss sich an einige Gnadengesuche entsinnen: *›Schon mein Vater hat in diesem Konzern gearbeitet. Nach seinem Tod trat ich in seine Fußstapfen. Zehn Jahre meines Lebens ... blablabla kein Geld ... bla ... die Kinder hungern, blabla ...‹*

Unten in der großen Halle würde ich eine Versammlung einberufen, zu der alle Angestellten erscheinen müssen. Von meiner Liste würde ich dann die Namen derjenigen vorlesen, die fristlos gekündigt sind. Zum Glück haben sie ja ihre

Füllfederhalter, die sie sich ganz unkompliziert ins Ohr stecken können, und das war's dann.

Es wird ihm etwas mulmig bei dem Gedanken, da auch er im Endeffekt nur ein Glied in einer langen Kette von Vorgesetzten ist. *Als Krieger, ›Samurai der Neuzeit‹, wäre ich dazu gezwungen, mir das Leben zu nehmen, sollten sich die Verhandlungen in Darmstadt nicht zu unseren Gunsten entscheiden.*

Was wäre das nur für eine Sauerei, denkt er und stellt sich das Blutbad im Hotelzimmer vor. Sollte das heutzutage üblich sein, dann wären gerade deutsche Hotels sicher gut darauf vorbereitet. Ein kurzer Anruf bei der Hotelrezeption würde genügen, dann bräuchte man wahrscheinlich einfach nur das Wort Harakiri zu sagen und schon würde eine Dame mit den nötigen Utensilien zur Stelle sein. Herr Koepeling stellt sich vor, wie ein älteres Zimmermädchen eine große Plastikplane über Bett, Boden und andere Dinge, die verschmutzt werden könnten, ausbreitet und dann ohne eine Bemerkung das Zimmer wieder verlässt.

Da er aber für einen pharmakologischen Konzern arbeitet, dauert es nicht lange, bis ihm die Idee von Harakiri-Pillen und deren Vermarktung in den Kopf kommt: *Harakiri-Pillen – für einen schnellen und sauberen Tod.* Da es im alten Japan gang und gäbe war, dass sich die gesamte Familie das Leben nahm, führt Herr Koepeling den Gedanken noch etwas weiter: *Koepelings Harakiri-Pillen – ein schneller und sauberer Tod für die ganze Familie.*

Er kann sein lächelndes Gesicht auf der Packung sehen, als er eine Reihe von Autos überholen muss. Während er an einem Wagen vorbeizieht, überlegt er, wie es wohl wäre, wenn die Familienpackung zur Standardausrüstung eines jeden Erste-Hilfe-Koffers in Autos gehören würde. Doch im gleichen Zug wird ihm klar, wie ungeheuer hoch das Investment werden könnte, bis es dazu käme. Leicht betrübt darüber, dass viele Ideen nicht so einfach umsetzbar waren, widmet er seine Aufmerksamkeit wieder dem Sprecher. Dieser erklärt, dass der Zen-Buddhismus für die Japaner bis heute einen hohen Stellenwert hat und dass das mit einem Mann namens Bodhidharma zu tun habe. Auch der Shaolin Tempel in China wird erwähnt. Das ist der Tempel, hinter dem sich Bodhidharma in einem Zustand von bewundernswerter Geduld jahrelang aufgehalten hatte.[3] Nun beginnt Herr Koepeling den Ausführungen des Sprechers zu den karmischen Grundsätzen zu lauschen.

Der Gedanke an Karma macht Herrn Koepeling etwas nachdenklich. Er hört dem Sprecher auch

---

[3] Bodhidharma war kein Backpacker der beschlossen hat: „Ach, jetzt setzt ich mich mal hier in diese Höhle und meditiere." Er war ein voll Ordinierter ausgebildeter Mönch, als er das Land der Mitte betrat.

Er ist der erste Patriarch des Zen Buddhismus in China und die wichtigste Entität des Mahayana Buddhismus.

nur halb zu. Aufgrund des ewigen Geradeausfahrens verfällt er, wie die Japaner es nennen würden, in eine Art meditativen Zustand. Er fragt sich, was das mit dem Karma für ihn wohl bedeuten möge. Tierschützer hatten ihn aufgrund seines Berufes ja schon mit dem Nazi ›Josef Mengele‹ verglichen. Das war selbstverständlich unerhört, denn Mengele hatte brutale Experimente an Menschen durchgeführt. Er wiederum ist dazu gezwungen, herauszufinden, ob ein Wesen, so zart wie ein Hase, an einem neuen Präparat sterben könnte. Denn dann wäre es nicht möglich, es für Menschen zu verwenden. Herr Koepeling begann genau deswegen bereits vor geraumer Zeit, sich von Leuten außerhalb seiner Branche abzukapseln.

Es ist ihm klar, dass die Menschen, die solche Vorwürfe in ihren Herzen tragen, im Falle einer banalen Erkältung, in der Apotheke nicht danach fragen, ob ein Medikament auch wirklich oft genug an Tieren getestet worden war. Mütter stellen die großen Konzerne nicht in Frage, wenn es um das Wohlbefinden ihrer Kinder geht. Dabei schreien Kinder doch am lautesten, sobald sie etwas von den Tests an Hasen oder süßen Äffchen mitbekommen.

Herr Koepeling, der eigentlich nur ein ganz normaler Mann ist, wurde aufgrund seines Berufes zu oft mit dem Dritten Reich in Verbindung gebracht. Es ist ihm einfach nicht mehr möglich, sich mit irgendjemandem zu unterhalten, der hinter einem freundlichen Gesicht nur den Gedanken er sei ein herzloser ›Geschäfts-Nazi‹ versteckt. Ein Mensch, der, wenn er nur genug Geld verdient, kein Problem damit hat, pfeifend über Leichen zu spazieren. Er hört noch den Sprecher erwähnen, dass die Japaner ursprünglich Chinesen seien, richtet dann aber während des Fahrens seine Gedanken verstärkt auf das Thema ›Karma‹ aus.

Amerika und die Lemminge

Während er darauf achtet, einen möglichst gleichmäßigen Abstand zum Wagen vor ihm zu halten, verfließen seine Gedanken mit den Worten des Sprechers. Das wiederum leitet ihn langsam dazu, sich gedanklich mit den bereits erwähnten Thematiken auseinanderzusetzen. Somit verbindet er die Sendung auf immer tiefer gehende Art und Weise mit eigenem Wissen und im Fernsehen Gesehenem. Insbesondere Kitanos ›Aniki, mon frère‹, und ›Die Sieben Samurai‹, der ja dann auch zur Produktion des Westerns ›Die glorreichen Sieben‹ führte. Zumal es in ›Die glorreichen Sieben‹ nur um Mord und Totschlag ging und eigentlich keine Fingerbretter und kein Harakiri vorkamen. Am meisten gibt es ihm zu denken, wie man sich in der japanischen Kultur durch strikte und mechanische Routine und Zen – einer Art spirituellen Dopings – in einen Zustand so tief gehender Selbstlosigkeit versetzt, dass sogar der Freitod zu einem extrem unromantisch routinierten Verfahren wird.

Erst im Jahre 1868 wurde das Selbstmord-Ritual verboten. Vielen Kriegern, die von Kindheit an darauf vorbereitet wurden eines Tages den Ehrentod sterben zu dürfen, war somit der Boden unter den Füßen weggezogen worden. Also mussten sich diese in Selbsthilfegruppen treffen, um irgendwie damit klarzukommen, dass man sich von nun an nicht mehr der Ehre halber das Leben nehmen durfte.

Kein Wunder, dass es einen Freudensturm auslöste, als der spätere Kaiser aufgrund technischer Einschränkungen und einem Mangel an guten Piloten, Selbstmordflieger-Schwadronen ins Leben rief. Die Kamikaze waren ein Alptraum für die Amerikaner. War es Karma? Vielleicht hatte das mit den Flugzeugen einfach mit der langen Anreise zu tun. Amerika ist halt nicht um die Ecke. Oft reichte die Tankfüllung gar nicht für den Rückflug. Nach dem Abwurf aller Bomben gehörte es zum guten militärischen Ton, seine Maschine so feindvernichtend wie möglich auf ihn zu stürzen. Nach dem Angriff auf Pearl Harbour war Amerika schockiert. Es hatte viele Tote gegeben und gerade ein Tod von solcher Gewalt führt zu immensem Leid.

Sharon Stone hatte, was das Leid eines Landes angeht, auch von Karma gesprochen. Da sie ihre diesbezügliche These auf das Erdbeben in China ausgelegt hatte, erhielt sie dort die Ehrenauszeichnung ›Enemy Of The State‹ und Einreiseverbot. Aufgrund des Erdbebens in Wenquan in 2008 kamen 69.227 Menschen ums Leben.

Wie hat Frau Stone das denn überhaupt gemeint? Und überhaupt, das würde ja bedeuten, dass die chinesische Weltanschauung gepaart mit der russischen Lehrweise des Marxismus das perfekte Karma-Rezept für Erdbeben ist.

Aussagen wie die von Frau Stone gibt es im Volksmund oft. Fraglich ist nur, wie sich diese Leute erklärten, was dazu geführt hatte, dass sich seit den vierziger Jahren Flugzeugpiloten wie die Lemminge auf Amerika stürzten.

War es wegen des Genozides an den Indianern oder dem Ausrotten der Büffel? Waren Lemminge die karmische Form der Strafe für den Diebstahl eines Landes oder handelt es sich dabei um etwas noch viel tiefer gehendes? Die Erbsünde vielleicht. War das mit den Flugzeugen die alleinige Schuld der Indianer? Hatten das Schießen, die Sünde des Mordens mit Pfeil und Bogen, und das dadurch akkumulierte Karma dazu geführt, dass sich Selbstmord-Kommandos mit Flugzeugen in amerikanische Häuser stürzten? Dieser Schluss scheint Herrn Koepeling ein logischer. Immerhin bestand zwischen Pfeilen und Flugzeugen große Ähnlichkeit. Das schlechte Pfeil-Karma der Indianer musste so schwerwiegend gewesen sein, dass es von ihren Körpern hinunter in den Boden gesackt war. Wenn Frau Stone recht hat, dann konnte nur das der Fall sein.

Oh mein Gott!, denkt Herr Koepeling. *Die Retter der freien Welt haben verseuchten Boden gestohlen!*

Für Herrn Koepeling führt dies unumgänglich zu dem Schluss, dass das mit den Flugzeugen nun doch die eigene Schuld der Amerikaner sei. Die hätten halt einfach nicht das karmisch belastete Land stehlen sollen.

Könnte ich Einreiseverbot bekommen, wenn ich das beim nächsten Geschäftstreffen mit amerikanischen Vertretern der WTO sagen würde?

Ihm läuft ein Schauer über den Rücken. Einreiseverbot nach Amerika hört sich äußerst schlecht an. *Das auf meinem Curriculum Vitae stehen zu haben, bedeutet einen sicheren Abstrich von einer, wenn nicht sogar zwei Nullen des jährlichen Einkommens.*

Mit versteinerter Miene fährt er an einem Auto der niederen Einkommensklasse vorbei. Auf dem Rücksitz des Wagens sitzen lachende Kinder. Lachende Kinder, die eindeutig Witze über ihn machen. Er kann es ihnen von den Lippen ablesen: »Hahaha, das ist, was du fürs Hasenquälen kriegst, weniger Nullen hahaha.«

Diese Situation sorgt für eine erneute Flucht Koepelings in eine seiner Gedankenblasen: Er läuft durch einen schier endlosen weiß und steril wirkenden Gang, der sich tief unter dem Konzern im Laborgewölbe befindet. Am Ende dieses Ganges befindet sich ein Experimentierraum, auf den er sich so unaufhaltsam zubewegt wie ein Soldat, der gemeinsam mit einer Hundertschaft marschiert. Über die Lautsprecher im Gang läuft Wagners Walküre. Im Experimentierraum warten die armen unterkühlten und hungrigen Kinder aus dem Auto auf ihn. Selbst die brutalsten Versuche diese Kinder von ihrer geistigen Unbefangenheit zu heilen und sie systemfähig zu machen, sind gescheitert. Er allein weiß, was für eine Erziehungsmaßnahme nun folgen muss. Im Experimentierraum angelangt, gibt er jedem ein Bonbon, das er ihnen von der Schale an der Rezeption mitgebracht hat. Dann bedient er die hausinterne Sprechanlage und informiert die Eltern darüber, dass es selbst mit den drastischsten medizinischen Maßnahmen nicht möglich sei, ihren Kindern Achtung vor anderen Menschen beizubringen. Er fragt sie auch, ob es vielleicht an ihnen selbst liege, dass ihre Kinder nie gelernt hatten, verständnisvoller oder sogar umsichtiger zu sein. »Wie oft haben Sie sich denn zusammen mit ihren Kindern über die dicke Frau von nebenan lustig gemacht?«, fragt er die Eltern. Die beiden sind gerade am nachzählen, als er mit einem gespielten Ausdruck des Bedauerns den Finger von der Sprachtaste nimmt und sich zu den Kindern dreht. Ohne weitere Erklärung widmet er sich nun dem, was getan werden muss. Mit einem Gefühl der Genugtuung ███████████████████████████, um sie nach den bereits vollzogenen, kostspieligen und extrem schmerzvollen Experimenten wenigstens kostengünstig zu entsorgen[4]. Den Eltern sagt er lediglich, dass es nun Zeit sei. Daraufhin stellen einige Mitarbeiter seiner Abteilung den beklagenswerten Eltern die goldenen Weihnachtsfüllfederhalter zur Verfügung. »Ach Kinder können so grausam sein«, murmelt Herr Koepeling vor sich hin. Es dauert nicht lang, da muss er wieder über die Streichung der Nullen nachdenken. Denn es galt, dies zu verhindern.

Herr Koepeling überlegt sehr angestrengt. *Kolumbus ... der Genueser. Natürlich, ohne den wäre das*

---

[4] Diese Textstelle wurde aufgrund von ausgesprochen heftiger Brutalität zensiert.

nie passiert. Hätte der sich nicht versegelt oder absichtlich versegelt, dann wäre das alles nie passiert. Dann hätten die Europäer den Ureinwohnern Amerikas nie die Erbsünde geklaut.

Aber klar, und all die Toten. Herr Koepeling macht eine Entdeckung, für die ihn der Vatikan heiligsprechen würde. Er sieht sich schon bei einem Treffen mit dem Papst und das vatikanische Zertifikat des Titels zu seinem Heiligenstand an der Wand seines Büros hängen.

Er schaltet den Kulturbericht aus und seinen Lieblingskomponisten Richard Wagner ein. Das ist kein Moment wie jeder andere und muss daher gebührend eingeleitet werden. Bald schon wird er nicht nur ein herkömmlich sterblicher CEO sein, sondern ein, vom Vertreter Gottes auf Erden, und das noch zu Lebzeiten, heiliggesprochener CEO des Konzerns. Wie viele Menschen gibt es, die das von sich sagen können? Im Normalfall dauert es Jahrhunderte, bis der Vatikan einer Person die Heiligkeit zugestand. Jeanne d'Arc beispielsweise wurde erst verbrannt und hunderte Jahre später heiliggesprochen.

Er wartet auf die richtige Stelle in Wagners ›Die Walküre‹ und spricht dann langsam und deutlich, als ob es sich um eine Kriegserklärung handelt: »Kolumbus ist ein bisher unentdeckter Antichrist ... Kolumbus ist der unentdeckte Antichrist.«

Tausende, ja sogar Millionen von Menschen, waren aufgrund der Übersiedlung bis heute ums Leben gekommen. Aber wäre das genug? *Würde mein*

Einreiseverbot aufgehoben werden, wenn ich Herrn Obama erkläre, dass alles auf einem Irrtum beruht?, denkt Herr Koepeling und beginnt sofort ein gedankliches Gespräch mit dem Präsidenten Amerikas.

»Look Mr. Obama, im Endeffekt beruht ja alles nur auf einem Irrtum. Man wollte eigentlich nach Indien.«

Herr Koepeling überlegt, was das für die heiligen Kühe dort bedeutet hätte und karmisch gesehen für die Siedler. Die europäischen Siedler hatten sich, von den Indianern ganz abgesehen, auch den Büffeln gegenüber eher fragwürdig verhalten.

Obama würde es wie Schuppen von den Augen fallen, wenn ich ihm das sage: »Mr. President, Kolumbus ist schuld. Der ist entweder ein Lügner, Massenmörder oder sogar ein aufgrund von Unwissen unterschätzter Antichrist.«

Während er wie gefesselt auf die Mittelstreifen starrt, sitzt er im Geist zusammen mit dem Präsidenten der Vereinigten Staaten. Beide sitzen in bequemen Sesseln an einem kleinen Tisch und trinken Kaffee. Barack Obama ist ganz entspannt und sich selbst sieht er um Gnade flehen, was das Einreiseverbot angeht.

»Aber wie Sie sicher mit mir übereinstimmen werden, geehrter Mr. President, beinhaltet das Wort Antichrist ja so oder so den Tod von Massen. Im Endeffekt auch Lügner, aber Sie verstehen schon, wie ich das meine«, fährt Koepeling fort.

Obama antwortet selbstsicher: »Mr. Koepeling, ich denke nicht, dass der Mann, der einst mein Land entdeckte, ein Antichrist war.«

»Herr President, es so zu sagen wäre natürlich anmaßend und selbstverständlich vollkommen exorbitant. Es handelt sich beim Antichristentum von Herrn Kolumbus um eine gut versteckte Tatsache. Die Erklärung dafür ist so einfach, dass Sie zustimmend lächeln werden, sobald Sie die diese hören.«

Obama steht buchstäblich ein Fragezeichen im Gesicht geschrieben. Dieser Gesichtsausdruck gibt Herrn Koepeling zu verstehen, dass er mit seiner Erklärung fortfahren soll: »Die buddhistischen Mönche sprechen häufig von der Verbundenheit der Dinge. Ich habe eine Fernsehsendung darüber gesehen. Sie sprachen von Karma und der immensen Auswirkung einer einzigen Tat, ob gut oder schlecht. Im Sinne von Kolumbus wäre das der Schneeball-Effekt. Ein Mann findet ein Land – ganz harmlos, nicht?«

Obama nickt zustimmend. Etwas verdutzt darüber, dass Herr Koepeling ihm insofern nur erklärt, dass es kein antichristliches Verbrechen war, sein Land gefunden zu haben. Aber das scheint nicht der Hauptpunkt zu sein.

Herr Koepeling fährt fort: »Aber nun überlegen Sie mal, zu wie viel Tod und Verderben die Entdeckung Amerikas geführt hatte. Wie viele Indianer wurden Ihrer Meinung nach getötet? Was ist mit der Ausrottung der Büffel? Wie viele Siedler starben, weil sie nicht gut genug auf das, was sie erwartete, vorbereitet waren? Und die Sklaverei? Und nicht zu vergessen, die Schiffe, ob Sklavenschiffe oder Segelschiffe der Einwanderer, die auf dem Weg nach Amerika sanken, und so den Tod Hunderter forderten. Später dann, und das liegt auf der Hand, die Opfer des Bürgerkriegs. Das Sinken der Titanic und danach wieder Krieg und dann wieder Krieg. Dann, wie Eduard Bernstein ihn 1893 getauft hatte, der ›Kalte Krieg‹. Beim ›Kalten Krieg‹ handelt es sich um eine monströse Dunkelziffer von Todesopfern. Dann Vietnam, Irak. Summiert ergibt sich eine enorme Anzahl verlorener Menschenleben. Nun rechnen sie mal nach. Durch Antichrist Numero Eins, Napoleon Bonaparte, kamen während der Napoleonischen Kriege 2,5 Millionen Soldaten um. Antichrist Numero Zwei, Adolf Hitler, forderte die Leben von 15 Millionen Soldaten. Columbus steht diesen beiden in keiner Weise nach. Die Anzahl der Todesopfer, die seine Entdeckung forderte, steigt bis heute weiter an.«

»Herr Koepeling, ich bin mir sicher, hätte Kolumbus nicht mein Land entdeckt, dann hätte es ein anderer getan. Denken Sie bitte daran, wie vielen Menschen es durch Amerika besser geht oder wie viele durch unser Land überhaupt ein menschenwürdiges Leben führen«, antwortet Obama gereizt.

Darauf erwidert Koepeling: »Ich streite das nicht ab, aber das ist nicht der Punkt unserer Diskussion. Man erkennt einen Antichristen daran, dass viele Menschen wegen seiner Taten sterben müssen. Wie vielen Menschen es durch sein Handeln besser geht, spielt dabei keine Rolle. Wenn wir davon ausgehen, dass Kolumbus kein Antichrist war und es sich wirklich um ein Versehen handelte, dann ist die Schlussfolgerung unaussprechlich grausam und Todesangst erweckend. Aber wagen wir es trotzdem einfach mal: Kolumbus war entweder zu blöd zum Segeln oder hat sich, da die Sterne verrutscht sind, aus Versehen versegelt.«

Ein Ausdruck des Entsetzens breitete sich auf Obamas Gesicht aus, als er Koepelings Worte vernimmt. »Gott soll ein Antichrist sein?«

»Das habe ich nicht gesagt. Sie haben das gesagt«, verteidigt sich Koepeling.

»Nein. Das habe ich nicht. Sie haben mir das in den Mund gelegt. Wer außer Gott wäre denn in der Lage die Position der Sterne zu ändern?«, fragt Obama entrüstet.

»Wenn Sie davon ausgehen, ich hätte Ihnen das in den Mund gelegt, dann haben Sie sich entweder nicht richtig konzentriert, oder Sie erklären ›mir‹ jetzt, dass Kolumbus der Antichrist ist«, entgegnet Koepeling.

Obama sitzt in einer Zwickmühle. Er weiß, dass Herr Koepeling recht hat. Millionen von Menschen kamen wegen Christopher Kolumbus ums Leben. Aber trotzdem ist Obama der Präsident der Vereinigten Staaten und damit geht natürlich ein gewisser Nationalstolz einher.

Herrn Koepelings Verdauung drückt erneut, aber allein die Vorstellung die Toilette einer Raststätte aufsuchen zu müssen, rückt die Angelegenheit zurück. Aber zu wissen, dass es bis nach Darmstadt noch eine lange Zeit brauchen wird, macht ihn extrem unruhig. Um sich von dem unangenehmen Drücken im Verdauungstrakt seines Körpers abzulenken, widmet sich Herr Koepeling nun wieder dem gedanklichen Gespräch mit dem amerikanischen Präsidenten.

»Nein, das war nur die Erklärung, weshalb ich mich geirrt hatte«, knüpft Herr Koepeling an Obamas letzte Aussage an.

»Beleidigen Sie mich gerade durch ein sprachliches Hintertürchen?«, fragt Obama.

»Nein, eigentlich sprechen wir über das Karma und Sharon Stone.«

»Bitte?« Obama blickt Herrn Koepeling verdutzt an.

Herr Koepeling erklärt Herrn Obama die ganze Geschichte. Er erzählt von seiner Fahrt nach Darmstadt, auf der er sich gerade befindet. Und von seinem bevorstehendem Meeting mit einer amerikanischen und japanischen Delegation, auf das er sich vorbereitet, indem er eine Sendung über die japanische Kultur hört. Er erklärt, dass in diesem Bericht über Karma gesprochen wurde und dass er sich daraufhin an eine Äußerung von Sharon Stone erinnerte. Sie sagte, dass die Chinesen selbst an dem Erdbeben in ihrem Land schuld gewesen seien. Nach einem Moment der Ruhe, um dem Präsidenten Gelegenheit zu geben, das Gesagte zu verdauen, fährt Herr Koepeling fort: »Also Herr Präsident, nun kommen wir zum Hauptpunkt unseres Gespräches. Eigentlich bedarf es gar keiner Entschuldigung meinerseits. Ich habe Ihnen ja nun bereits erklärt, was mich dazu gebracht hat, zu sagen, dass Amerika karmisch verseucht ist. Ich appelliere an Ihren gesunden Menschenverstand und bitte Sie, mein Einreiseverbot rückgängig zu machen. Immerhin habe ich Ihnen ja auch eine perfekte Entschuldigung gegeben, sollten Sie mal damit konfrontiert werden, der Präsident eines karmisch verseuchten Landes zu sein.«

»Hmm...ich verstehe. Es ist die Schuld der Indianer.«

In der Zwischenzeit sind in der realen Welt einige Minuten vergangen. Herr Koepeling bemerkt das steigende Verlangen nach einem baldigen Toilettenbesuch. Es sind Minuten, in denen die spirituelle Auseinandersetzung zwischen Körper und Geist immer schlimmer wird, Minuten, die ihm die Schweißperlen auf die Stirn treiben. Ein Zweikampf, der immer unangenehmer zu werden scheint. Sein Körper muss dringendst, aber sein Geist will auf gar keinen Fall zusammen mit dem gemeinen Volk auf die öffentliche Toilette gehen. Er widmet sich also erneut dem Kampf um das Recht seiner Einreise.

»Herr Obama, Kolumbus war einfach nur ein Lügner. Er missbrauchte die gesamte spanische Flotte dazu, an einen Ort zu segeln, von dessen Existenz er bereits wusste.«

»Nein, Herr Koepeling. Aus einem eher banalen Grund kann das gar nicht sein. Bereits Solov'ev erklärte: Spricht ein Mann, beispielsweise auf einem Feld, weit weg von jeglicher Menschenseele, eine Lüge aus, so kann das keine Lüge sein. Denn niemand hat die Lüge als solche vernommen. Soweit die Geschichtsbücher uns wissen lassen, hat Kolumbus nie darüber gesprochen. Er hatte also diesbezüglich nie gelogen.«

Das ist ein sehr gutes Argument, das muss Herr Koepeling dem Präsidenten zugestehen. Trotzdem ist er sich aber bewusst, was Obama damit erreichen möchte. Er kann es nicht ertragen, dass der Entdecker seines Landes nicht nur ein Antichrist, sondern nun auch noch ein Lügner sein soll. Denn auch Obama ist nur ein Mensch mit einem gewissen Nationalstolz. Gerade weil er Präsident des Landes ist, das vom Antichristen entdeckt wurde, scheint Herrn Koepeling die Reaktion Obamas durchaus verständlich.

»Sie können Columbus natürlich auch als sozialen Lügner sehen, der nur zum Wohl der anderen gehandelt hat«, sagt Herr Koepeling.

»Das ist durchaus möglich. Außerdem«, ergänzt Obama, »hatte Kolumbus nie von sich behauptet, der erste Entdecker gewesen zu sein. Ganz im Gegenteil. Er sah sich als eine Art kirchlichen Missionar.« Für Herrn Koepeling macht das letztgenannte Argument die Angelegenheit nur noch gruseliger. Wie weit würde Obama gehen, um den Entdecker seines Landes zu schützen? Immerhin ist Herr

Obama der Präsident und es ist seine Hauptaufgabe für sein Land da zu sein, wenn es ihn braucht.

Aber Herr Koepeling ist ein gewandter Redner und bringt die Sache direkt wieder auf den Punkt: »Da man dem Teufel aber gerne nachsagt, dass er mit Lügen lockt, egal welche Art der Lüge, führt das wieder darauf zurück, dass Kolumbus doch der bisher unentdeckte Antichrist ist. Er lockte die Menschen an den Ort, an dem sie, natürlich zum Wohle aller, die Erbsünde übernahmen.«

Obama versucht mit einem Lächeln seine Unwissenheit zu überspielen. Es war wie Herr Koepeling bereits erklärt hatte. Kolumbus war in der Tat ein Antichrist. Außerdem ist er kein Theologe und weiß nicht, welcher Begriff der richtige dafür wäre, wenn Gott selbst ... aber er wagt es nicht diesen Gedanken zu vollenden. Nach seinem Wissen gibt es kein Wort dafür. Aber es bereitet ihm doch Sorgen, da dies keinesfalls das Problem der Erbsünde aus der Welt schafft.

»Kolumbus ist ein Massenmörder, ein aus Unwissenheit übersehener Antichrist. Sie haben da ganz recht, Herr Koepeling. Die Indianer sind Schuld und wir haben deren Sünde geerbt. Die Frage ist nun allerdings, wie genau wir uns jetzt verhalten sollten. Liegt es wirklich am verseuchten Boden? Wenn all das nicht auf den karmisch verseuchten Boden zurückzuführen ist, dann bleibt immer noch die Frage, ob es, rein karmatechnisch gesehen, möglich ist, dass eine Gruppe von Menschen die

Erbsünde einer anderen Gruppe übernimmt oder, in Ihren Worten, Herr Koepeling, stiehlt?«

»Hmm«, nachdenklich streicht Herr Koepeling über sein Kinn, »scheinbar würde das bedeuten, dass das Karma unter das Gesetz der ›versetzten Logik‹ fällt. Irgendjemand macht etwas sehr Böses, dann staut sich das schlechte Karma und ergießt sich über jemand anderen. Daher kam wohl der Begriff Nächstenliebe. Tu nichts Böses und verhalte dich immer gut, sonst passiert irgendjemandem, den du nicht kennst etwas Schlimmes.«

In der Firma passierte so etwas ständig. Im Falle einer ›versetzten Logik‹ wird der Herr Schultze mit Gehaltsentzug bestraft, weil der Herr Schmitt die Firma Hunderttausend Euro gekostet hat.

Herr Koepeling wird es mulmig bei dem Gedanken an die Zeitbombe, die über Deutschland tickt, bedenkt man doch die geschichtliche Vergangenheit. Holocaust, Drittes Reich. Was würde das denn für das Karma des ganzen Landes bedeuten? Vor allem sorgt es ihn, nicht zu wissen, wen es am meisten treffen würde. Vielleicht hat es ja schon getroffen. Vielleicht ist die Massenvernichtung der Juden der Grund dafür, dass die Amerikaner Kuwait angegriffen haben. Das schien ihm ein logischer Fall der ›versetzten Logik‹. Sogar doppelt versetzt. In seiner geistigen Abenteuerwelt beobachtet er wie Präsident Bush, der in diesem Fall ein ahnungsloses Opfer von ihm unergründlichen Zusammenhängen ist, die folgende Entscheidung trifft: »… die Afghanen haben uns angegriffen und dafür machen wir jetzt erstmals die Kuwaiter platt.«

Es war also doch kein Versprecher von Bush, beim Erteilen des Befehls.

Der Ruf der Natur

Denn nun fängt auch die Blase an zu drücken und Herr Koepeling wird allmählich nervös. Ein Blick auf die Uhr verrät ihm, dass er noch mindestens zwei Stunden bis nach Darmstadt brauchen wird. Es scheint ihm unmöglich, auszuharren. Allein der Gedanke daran, eine öffentliche Toilette benutzen zu müssen, ist ihm der reinste Horror. Die Keime, der Geruch, Kriminalität ... Das Wort ›Opfer‹ steht jemandem wie ihm, einem Krieger, einem ›Samurai der Neuzeit‹, nahezu ins Gesicht geschrieben.

Ein Verkehrsschild kündigt die nächste Raststätte in 500 Metern an. Wie in Zeitlupe gleitet der Schriftzug an ihm vorbei. Obwohl er sich mittlerweile aufgrund des immer stärker werdenden Drucks im Verdauungstrakt sehr konzentrieren muss, veranlassen die vielen Bilder, die ihm durch den Kopf schießen, zum Weiterfahren. Bilder von Junkies mit blutigen Nadeln, von Dealern und Männern mit gigantischen Bierbäuchen, die dort gegen Geld Liebe kaufen.

Für Herrn Koepeling sind öffentliche Toiletten ein Ort des schier unerträglichsten Treibens. Er schaltet den Tempomat ein, um seinen Körper möglichst so verlagern zu können, dass der Druck, der durch die Sitzhaltung auf Blase und Darm entsteht, möglichst gering ist.

Trotzdem ändert das nicht viel an seiner Situation. Es wird schwieriger und schwieriger ein normales Gesicht aufzusetzen, wenn er andere Autos überholt.

Den letzten Audifahrer, den Herr Koepeling überholte, hat er mit einer Miene puren Entsetzens angestarrt. Dabei wollte er nur seine Gesichtsmuskulatur auf eine Art und Weise entspannen, dass es nicht so aussieht, als ob ihm gerade der Blinddarm platzt oder ihm ein außerirdischer Wurm durch den Bauchnabel schlüpfen will.

Das Unterfangen wird schwieriger und schwieriger. Es wird so schwer, dass Herr Koepeling seinen Kopf gegen das Fahrerfenster drücken muss, um genug Kraft auf seinen Schließmuskel ausüben zu können. Denn dieser fühlt sich bereits an, als ob er gleich nachgeben würde. Der Schweiß tritt erst auf seine Stirn und äußerst plötzlich aus allen Poren. Sein Rücken ist bereits nasskalt. Als ob all das noch nicht genug ist, kommt nun auch noch eine Geschwindigkeitsbeschränkung hinzu – 100 Kilometer pro Stunde.

Unwillig bremst Herr Koepeling den Wagen auf die vorgeschriebene Geschwindigkeit ab. Sekunden, die sich bis dahin wie Minuten angefühlt haben, werden nun zu Stunden und Herr Koepeling wird aufgrund dieses Zustands zum langsamsten Zeitreisenden der Weltgeschichte.

Ein ungefähr zwölfjähriger Junge, der wahrscheinlich von seiner Mutter mit der Aussage: »Schau mal Sohnemann, wir überholen gerade einen BMW« auf den Herrn Koepeling aufmerksam gemacht wurde, starrt ihn entsetzt an, und weist nun die ganze Familie darauf hin, dass der Mann im BMW wohl im Sterben liegt. Dies liegt nicht zuletzt am großen Kondenswasserfleck, den Herr Koepeling am Fahrerfenster mit seinem verschwitzten Kopf produziert hat. Herr Koepeling starrt zurück. Er muss an ein Bilderbuch denken, dass er als kleiner Junge gelesen hatte. In diesem Buch wurden eine ganze Reihe von Albert Einsteins Theorien für Kinder in einfacher Bilderform erklärt. Neben der Relativitätstheorie, so entsinnt er sich, war da ein Bild das Folgendes beschrieb: Fahren zwei Fahrzeuge in derselben Geschwindigkeit nebeneinander her, dann hat es für die Insassen den Anschein, als würden beide Räume stehen.

Herr Koepeling ist gerade in eben dieser Situation. Die gesamte Familie im Nachbarfahrzeug starrt ihn entsetzt an. Herr Koepelings Mund und Augen sind extrem verzogen. Sein gesamtes Gesicht sieht aus, als würde er um sein Leben betteln.

Wenn ich nur pinkeln müsste, denkt sich Herr Koepeling, *dann wäre die Nutzung einer leeren Wasserflasche kein Problem*. Computerspielsüchtigen gelingt das auch. Er ist sich sicher, dass er das sogar während des Fahrens hätte meistern können. Seine Kreativität kennt keine Grenzen, denn auch Erwachsenenwindeln gehen ihm durch den Kopf. Doch die Gedankenblase, in der sich abspielt, was seine Frau bei einer möglichen Entdeckung seiner Erwachsenenwindeln fragen würde, umgeht er.

108

Ein weiteres Schild verrät ihm, dass er sich einer größeren Raststätte nähert. Ihm ist klar, dass er keine Wahl mehr hat. Er muss diese Raststätte anfahren und dort das Örtchen aufsuchen. Die Entscheidung verursacht ein Gefühl des Grauens als auch der Erlösung. Angeekelt, aber zielstrebig fährt er dem Lokus entgegen. Denn im Endeffekt wäre es schlimmer, in die Hose zu machen.

Bei der Abfahrt von der Autobahn auf den etwas tiefer gelegenen Parkplatz kommt es bei Herrn Koepeling zu dem Gefühl, das man hat, wenn man mit einem Fahrstuhl nach unten fährt und dieser auf der gewünschten Etage mit einem Ruck zum Stehen kommt. Genau dieses Fahrstuhlgefühl verursacht, dass sein Schließmuskel für den Bruchteil einer Sekunde vollkommen locker lässt. Dabei schlüpft ein wenig der braunen Masse, um deren Zurückhaltung er so tapfer gekämpft hatte, hindurch. Er wagt es kaum, sich zu bewegen. Er verhält sich nahezu so, als sitze er auf einer Landmine. Die ersten Leute, an denen er vorbeifährt, scheinen ihm hinterherzustarren. Er versucht ganz nahe an die Toilette heranzufahren, um möglichst weit weg vom gemeinen Volk zu bleiben, aber auch nicht zu weit laufen zu müssen.

Er will keine Bremsspur in seiner Unterhose verursachen. Seine Frau sieht so etwas überhaupt nicht locker. Er kann sie schon durch das ganze Haus brüllen hören: »Harald Koepeling, was ist denn das?!«

Er presst den unteren Teil seines Rückens in den Sitz und drückt mit den Händen gegen das Lenkrad. Mit dem linken Fuß stützt er sich so vom Boden des Autos ab, dass zwischen Rücken, Händen und dem linken Fuß eine Art Hebebühne für sein Hinterteil entsteht. Zur selben Zeit hält er seinen Schließmuskel so fest verschlossen wie nur eben möglich und versucht seinen Kopf so zu bewegen, dass ihm der Schweiß nicht von der Stirn in die Augen fließt.

»Gleich habe ich es geschafft«, murmelt er mehrmals durch seine verspannte Grimasse.

Er nähert sich dem Gebäude, in dem sich auch die Toilette befindet, und sieht einen Wagen in der Nähe des Toiletteneingangs ausparken.

Es gelingt ihm auch in der Tat, die Parklücke zu besetzen, bevor sie ihm von einem roten Käfer Cabrio, dessen Fahrer eine schwarze Sonnenbrille trägt, weggeschnappt werden kann. Kaum hat er den Wagen geparkt, hört und spürt er ein nahezu tierisches Grummeln aus den Tiefen seiner Innereien. Langsam und vorsichtig, damit er sich nicht vor all den starrenden Leuten in die Hose macht, steigt er aus seinem Auto und bewegt sich steifbeinig wie ein Gockel, damit nichts durchrutscht, auf den Eingang der Toilette zu. Am liebsten hätte er sich beim Laufen an der Wand abgestützt, aber die war ihm zu dreckig.

Aus Ekel vor Keimen öffnet er die Tür der Herrentoilette mit der unteren Hälfte seines Handballens. Zu seinem Erstaunen stinkt es gar nicht so schlimm nach Fäkalien, wie er sich das vorgestellt hat. Es riecht vielmehr nach Chemie. Und es sieht aus wie in einer Malwerkstatt. Jeder Benutzer einer öffentlichen Toilette schien seinen Namen, eine Telefonnummer, ein Gedicht oder Bild zu hinterlassen. Auf der linken Seite der Toilette, wo sich auch die Pissoirs befinden, ist ein Graffiti zu sehen. Die Pissoirs sind so in die Malerei integriert, dass man bei deren Nutzung entweder einem Außerirdischen oder Marylin Monroe in den Mund pinkeln muss.

Die Türen der Kabinen weisen auf einen jahrelangen Krieg zwischen Putzkräften und Schmierern hin. Ein Krieg, der offensichtlich vor einer halben Ewigkeit von den Schmierern gewonnen worden war. Mindestens die letzten zwei Schichten von Gedichten, kleinen Malereien und Telefonnummern sind unberührt.

Leise, da er sich nicht sicher ist, ob ihn jemand hören kann, murmelt er »Club der autofahrenden Maler und Dichter« vor sich hin und betritt dann eine der Kabinen. Beim Anblick der Urintropfen auf der Toilettenbrille überkommt ihn ein Brechreiz, der fast dazu führt, dass er sich so kurz vor dem Ziel doch noch in die Hose macht. Mit letzter Kraft zieht er sein Notfall-Hygienetuch aus der Tasche. Er öffnet die Verpackung und desinfiziert die Klobrille mit dem kleinen Tüchlein so gut es geht und wirft es danach in die Toilettenschüssel. Mit derselben Bewegung zieht er sich die Hose herunter und platziert sich. Was nun folgt, ist ein göttlicher

Moment der Erlösung. Es tut so gut, dass ihm Tränen der Erleichterung in die Augen steigen.

Geistig verschmolzen mit seiner ersehnten, und nun endlich erreichten, körperlichen Freiheit sitzt er entspannt auf dem Lokus, die Kritzeleien und den gefürchteten Ort, die Raststättentoilette auf der er sich befand, ganz vergessend. In diesem Zustand gleitet ungefähr eine Minute an ihm vorbei. Dann wird ihm allerdings klar, dass es nicht lange dauern kann, bis die Toilette von ominösen Gestalten aufgesucht werden könnte.

Es ist allerhöchste Zeit hier zu verschwinden. Er greift zum Toilettenpapierhalter, aber seine Finger treffen nur auf das kleine, leere Rollenhalterstängelchen, das durch die Berührung seiner Finger etwas klirrt. Verdutzt blickt er sich um. Er schaut auf den Boden und auch hinter sich, aber es gibt kein Toilettenpapier. Während er seine Taschen durchsucht, wird ihm schon mulmig, da er eigentlich weiß, dass er keine Taschentücher bei sich hat und das Suchen vollkommen unnötig wäre. *Vom Regen in die Traufe*, denkt er, während sich seine Hände zu Fäusten der Verzweiflung ballen.

Die Kabine

Sollte ich lieber meine linke oder rechte Socke verwenden? Oder gar ein Stück meines Unterhemds? Hm, wenn ich die eine Socke verwende, wäre es sicherlich besser, die andere auch zu verwenden oder aber wegzuwerfen. Sollte jemand sehen, dass ich einen nackten und einen bestrumpften Fuß habe, könnte man entweder denken, ich sei vergesslich oder unbeholfen. Wenn man aber sieht, dass ich keine Socken trage, könnte es modisch gedeutet werden.

Was aber, wenn während der Sitzung meine Füße übel riechen, wahrscheinlich käsig oder sogar schlimmer, aufgrund des Leders der Schuhe. Verdammt, das wäre sehr peinlich und es wäre den Damen und Herren der Versammlung sicherlich unangenehm, und noch schlimmer als das, es wäre zu einem späteren Zeitpunkt sehr sicher ein Gesprächsthema auf meine Kosten. Herr Koepeling, der noch immer wie angewurzelt und mit ernster Miene auf dem Lokus sitzt, hat eine weitere Idee: *Ich könnte natürlich einfach warten bis jemand hereinkommt und dann fragen, ob es möglich wäre, mir ein wenig Papier zu bringen.*

Herr Koepeling macht sich Gedanken darüber, wie er am besten jemanden, den er nicht kennt und der ihn nicht sieht, ansprechen und um ein Stück Toilettenpapier bitten sollte.

Also, wenn ich die Person wäre, die nach Toilettenpapier gefragt wird, und nicht daran interessiert, dem Fremden hinter der Tür zu helfen, sei es aus Zeitmangel oder anderen Gründen, dann würde ich wahrscheinlich einfach nicht antworten. Ich würde ganz leise pinkeln, damit er gar nicht mitbekommt, dass jemand die ganze Zeit ruhig in der Toilette gestanden hat und das Geräusch der Tür dadurch verursacht wurde, dass er den Raum verlässt oder dass jemand einfach nur die Tür öffnet, um nachzusehen, ob jemand, den er nicht finden kann, vielleicht dort sei. Oder eine Frau platzt herein, da sie denkt, es sei die Damentoilette. Dann sieht sie aber, dass es sich um die Herrentoilette handelt oder sie wird schnell von einer aufmerksamen Freundin weggezogen, damit sie nicht in die falsche Toilette läuft.

Herr Koepelings Gedanken schweifen etwas ab. *Warum gehen so viele Frauen zusammen auf die Toilette? Was machen die da? Stimmt es, dass Damentoiletten dreckiger sind als Herrentoiletten?*, fragt er sich.

Ich sollte mich besser auf die Lösung meines Problems konzentrieren, anstatt über belanglose Dinge wie die weibliche Hygiene zu grübeln. Also, den Mann, der als erster zur Tür hineinkommt, denkt Herr Koepeling, *den werde ich nach Toilettenpapier fragen. Basta! Aber was, wenn das jemand ist, der mich kennt? Aus dem Büro oder so.*

»Herr Koepeling? Sind sie das?«, würde er vermutlich sagen.

Und dann, jedes Mal, wenn sich unsere Wege bei der Kaffeemaschine im Büro kreuzen, dieses Lächeln, von dem wir beide wissen, dass es dem kleinen Toiletten-Vorfall gilt. Ganz zu schweigen von meiner unendlichen Dankbarkeit – zu der ich wohl gezwungen wäre. All das für eine derartig nichtige Angelegenheit, wie jemandem gottverdammtes Toilettenpapier zu bringen.

Ja, derjenige würde sich wahrscheinlich sogar einbilden, dass er durch das große Glück, in diese eigentlich so banale zwischenmenschliche Situation geraten zu sein, bessere Chancen auf eine Beförderung in der Firma hätte. Oder er würde es beim Abendessen seiner Frau erzählen: »Stell dir mal vor, wem ich heute Toilettenpapier gebracht habe!« *Vielleicht würde er es brühwarm seiner ganzen Familie erzählen. Auch den Kindern, die dann jedes Mal, wenn sie mich sehen, daran denken müssen, wie der Herr Koepeling ohne die Hilfe vom Papa nicht mal aufs Klo gehen kann – und bei Kindern geht es mit der Fantasie ja eh schon sehr weit.*

Herr Koepeling beobachtet mit zorniger Miene seine Gedankenblase, in der sich Folgendes abspielt: Er sieht die Kinder dieses Mannes vor seinem geistigen Auge. Die Kinder, die nun stolz von den Taten ihres ach-so-tollen Vaters berichten: »Mein Papa hat dem Herrn Koepeling auf der Autobahn das Leben gerettet.«

Diese miesen Rotzer, denkt Herr Koepeling und fährt fort, sich über die alternative Lösung seines Problems Gedanken zu machen. Sehr genervt von den Umständen, konzentriert er sich darauf, ganz einfach, einfach nur den Nächstbesten, der zur Tür hineingelaufen kommt, nach Toilettenpapier zu fragen.

Und in der Tat, Herr Koepeling hat gerade fertig gedacht, als sich die Tür öffnet. Am Klang der Schritte hört er, dass es sich um jemanden handelt, der auf dem Weg zum Pissoir ist. Und gerade hatte er noch gedacht, dass er den Mann warnen müsse, erst nachzusehen, ob auch Toilettenpapier da sei, da er hier keines habe ...

Herr Koepeling atmet noch mal schnell durch den Ärmel seines Anzugs und dann stellt er die alles entscheidende Frage: »Verzeihung, ich habe kein Toilettenpapier. Könnten Sie mir etwas Papier bringen?«

Nichts ... keine Antwort. Bis auf das Geräusch, das der Harn beim Aufprall auf das Porzellan des Pissoirs gibt und der Autos, die in der Ferne in hoher Geschwindigkeit vorbeirauschen, lediglich Stille. Herr Koepeling denkt sich, dass der Mann ihn vielleicht einfach nicht gehört hat. Vielleicht hat er ja einen Walkman auf oder so einen kleinen CD-Player, Minidisk, einen MP3-Player oder was auch immer.

Und auf ein Neues stellt er etwas zögernd seine Frage: »Hm, Verzeihung, ich sitze hier fest, es gibt in meiner Kabine gar kein Toilettenpapier. Hallo? Können Sie mich hören?«

In sehr gebrochenem Deutsch erfährt Herr Koepeling nun, dass der Mann nur schlecht Deutsch

sprechen könne. Er hört, wie der Mann den Reiß-
verschluss seiner Hose schließt und die Toilette
verlässt.

*Jetzt reicht's. Der hat jetzt bestimmt irgendetwas
Perverses gedacht. Selbst wenn ich mir jetzt die Socke vom Fuß reißen würde, um mir damit den Hintern abzuwischen, Fußkäsegeruch hin oder her,
müsste ich bestimmt noch zehn Minuten oder sogar
eine Viertelstunde warten, bis ich wieder auf den
Parkplatz könnte, um mir eine peinliche Situation zu
ersparen. Wer weiß, worum Männer hinter ver-
schlossenen Toilettentüren in seinem Land bitten.
Der hat vielleicht gedacht, dass das eine Art von dis-
kretem deutschen Betteln sei. Ich glaube es wäre am
besten, wenn ich einfach mein Unterhemd verwende. Gedacht, getan,* sagt sich Herr Koepeling.

Entschlossen, aber mit Stil, beginnt er, seine
Krawatte zu lockern, als er plötzlich an japanische
Kasinos denken muss. Angeblich haben die auch in
der Toilette Kameras, um zu beobachten, ob sich
dort irgendeine Art von Betrug abspielt. Er weiß
auch, dass das Kasino-Business oft von der Ya-
kuza, der japanischen Mafia, betrieben wird. Von
Männern, die furchtlos wie auch skrupellos töten,
wenn es ihnen befohlen wird. Die sich aus einer
Frage der Ehre, wenn sie einen Fehler gemacht haben, einen Finger abschneiden. Ihre Rücken zieren
kunstvolle Tätowierungen, die auch in der europäischen Tattoo- und Kunstszene große Bewunde-
rung finden. Der Herr Müller hatte das neulich bei

einem Geschäftsessen in gemütlicher Runde erwähnt.

Herrn Koepelings Gedanken kehren nun wieder zum Ursprung zurück. Heutzutage gibt es hauchdünne Kameras, die man in die kleinste Ecke quetschen kann. Ihm gefallen dieser Gedanke und das damit verbundene Gefühl überhaupt nicht. Er schaut um sich. Besonders verdächtig kommt ihm der Lüftungsschacht an der Decke direkt über seiner Kabine vor. Er untersucht auch die Türklinke. Vielleicht war an der Stelle des Schraubenloches eine Kamera eingeführt worden. Sein Blick schweift über eine besonders auffällige Schrift, die mit einem goldenen Fineliner, in sehr geraden Linien und schöner Schrift neben der Klinke steht.

Er lehnt sich soweit er kann nach vorn, um die kleingeschriebenen Buchstaben entziffern zu können und beginnt zu lesen:

›Karma Virus

»Sie alle sind krank«, sagte der Arzt mit einem sehr ernsten Gesicht.

»Der Name ihrer Krankheit lautet: schlechtes Karma.

Es ist eine Krankheit, die ihre Fähigkeit, mit ihrem Umfeld umgehen zu können, extrem beeinträchtigt.

Ein Virus, der ihnen die Fähigkeit, die wahre Natur der Momente und Situationen zu erkennen, nimmt.

Ein Virus, der Ursache dafür ist, dass sie sich wohl fühlen, wenn sie Macht über Andere haben oder besser als diese sind.

Ein Virus, der Ursache dafür ist, dass sie noch mehr Krankheiten und Leiden zu den ihren machen.

Ein Virus, der der Erreger dessen, dass sie diese Leiden verbreiten, ist.

Je kränker, je befallener sie von diesem Virus sind, desto mehr wird ihre Fähigkeit, hinzusehen, hinzuhören und Verständnis aufzubringen, schwinden. Und je mehr dem so ist, desto mehr Leid werden sie auch unter den Menschen um sich herum verbreiten und dadurch auch sich selbst immer mehr infizieren.

Leider, meine lieben Patienten, ist es für eine Evakuierung der Stadt schon zu spät. Sie werden in die Berge gehen müssen, alleine.«‹

Da ihn eh niemand hören kann, spricht Herr Koepeling in normaler Stimmlage vor sich hin: »Hmm, das ist so eine Sache mit dem Karma.« Er zögert. Während er erneut in der Dunkelheit hinter dem Lüftungsgitter nach einer Kamera sucht, denkt er an die Drogenmafia und die wegen solcher Krimineller so schwankende Überwachungsgesetzgebung.

Herr Koepeling, der seine Krawatte bereits gelockert hat, hält inne. Schockiert stellt er fest, dass hinter dem Gitter über der Toilette durchaus eine, wenn nicht sogar mehrere Kameras hängen könnten.

Um Gottes willen, wenn ich mir jetzt das Unterhemd ausgezogen und damit den Hintern abgewischt hätte! Herr Koepeling wird etwas bleich im Gesicht und noch nachdenklicher. *Was, wenn das irgendein junger Polizist, der seine Arbeit nicht so ernst nimmt, aber jederzeit für einen guten Lacher auf Kosten anderer zu haben ist, gesehen und diesen Film im Internet verbreitet hätte. Meine Vorgesetzten, Kollegen, meine Nachbarn, was würden die nur von mir denken? Um Gottes willen, wenn meine Frau gesehen hätte, wie ich mir mit freiem Oberkörper und heruntergelassener Hose mit dem Unterhemd den Hintern abwische. Meine Frau könnte dies als guten Grund für eine Scheidung sehen. Das hätte dann den totalen Entzug des Sorgerechts für die Kinder zur Folge. Und so etwas nach all den Jahren des Windelwechselns, der schlaflosen Nächte, der Sorge, die vielen Rechnungen bezahlen zu können. Ganz zu schweigen von den vielen Überstunden im Büro. Und wozu das alles? Um der Familie ein gutes Leben bereiten zu können. Und dann geht wegen so einem jungen Knilch alles den Bach runter.*

Das Liebespaar

»Hallo? Ist da wer?«, ertönte fragend die unsichere Stimme Koepelings.

Daraufhin vernimmt er eine erhabene Männerstimme: »Der Porzellan-Gott-Palast steht ganz zu unserer Verfügung.« Dann hört er ein weibliches Kichern. Herr Koepeling, ganz in seine deprimierenden, selbstmitleidigen Gedanken versunken, schafft es nicht rechtzeitig, zu reagieren. So bleibt ihm nur noch eines: Die Füße auf den Toilettensitz eng an den Körper zu ziehen, damit es von außen so aussieht, als sei die Toilette außer Betrieb. Und dann Ohren-zu-und-durch. Doch all das nützt nichts. Er wird unweigerlich ›Ohrenzeuge‹ eines Autobahnraststätten-Hygiene-Alptraums.

Da diese Szene keinesfalls eine Jugendfreigabe erhalten würde, wird sie unter Verschluss gehalten. Wir werden aber an dieser Stelle ein Beispiel anführen. Das wird Ihnen dabei helfen, sich die Intensität der Situation, in der sich Herr Koepeling jetzt befindet, besser vor Augen führen zu können. Doch nun wieder zurück zu Herrn Koepeling, der in einer unangenehmen Situation steckt. Er muss aufgrund der Klangkulisse an eine amerikanische Studie denken, in der auch erwähnt wird, dass eigentlich über sechzig Prozent der Frauen dieser Weltbevölkerung noch nie einen Orgasmus erlebt haben. Und diese sechzig Prozent beziehen sich den Prozentsatz der Frauen, die überhaupt ein Sexualleben haben.

Was er hört, gibt ihm viel zu denken. Er vernimmt eine Art Ächzen und Keuchen aus der Kabine nebenan. Die Beiden scheinen wohl religiös zu sein, denn immer wieder dringt ein keuchendes, fast schon ein flehendes »Oh Gott« an seine Ohren. Da der weitere Verlauf ausgeblendet ist und selbst Herr Koepeling Nichts sehen, sondern das Geschehen nur über seinen Hörsinn wahrnehmen kann, sei hier einfach mal aufgeführt, wie weit es mit der Vorstellungskraft des Menschen gehen kann:

Man stelle sich vor, des Nachts durch einen dunklen Wald zu gehen. Die Dunkelheit, schaurige Gestalten und unheimliche Geräusche veranlassen sicher nahezu jeden dazu, an Monster, finstere Gestalten oder gar Mörder zu denken. Vielleicht lauern diese sogar hinter dem nächsten Baum? Was wird passieren, sollte man es nicht schaffen, diesen bedrohlich wirkenden, dunklen Wald rechtzeitig hinter sich zu lassen? Berechtigt sind diese Gedanken, des Nachts, allein im Wald. Doch tagsüber, wenn die Sonne jeden Winkel erreicht, wenn alles deutlich zu erkennen ist, so ist dieser Wald einen guten Spaziergang wert.

Das Pärchen verlässt den Raum und Herr Koepeling ist sich sicher, er wird all das niemals irgendjemandem erzählen. Die Geschehnisse des heutigen Tages werden für immer sein Geheimnis bleiben.

Die Tür zur Toilette öffnet sich auf ein Neues und Herrn Koepeling ist sich bewusst, dass er hier raus muss. Er ist deprimiert und mit den Nerven am

Ende; er braucht frische Luft und der enge Raum der Toilettenkabine sorgt dafür, dass er sich langsam Gedanken darüber macht, ob er nicht auch noch ein Problem mit Klaustrophobie hat.

Er hört, wie sich zwei Jugendliche in perfektem Hochdeutsch unterhalten, während sie das Pissoir verwenden. Mit einem Gefühl der Beklemmung, aber doch erleichtert endlich eine Gelegenheit zu bekommen, jemanden nach Toilettenpapier fragen zu können, spricht er die beiden Jugendlichen an: »Verzeihung, ich habe kein Toilettenpapier. Könnten Sie mir etwas Papier bringen?«

Er hört sie einander nach Papier für ihn fragen. Beide haben keins. »Wir könnten Ihnen aber nebenan welches kaufen gehen«, antwortet der Eine auf die höfliche Bitte.

Sichtlich erleichtert besteht Herr Koepeling darauf, für das Papier zu zahlen. Da er kein Kleingeld hat, reicht er ihnen einen Zehneuroschein unter der Toilettentür hindurch. Die beiden haben jedoch kein Wechselgeld, da ihre Portemonnaies im Wagen auf dem Parkplatz liegen. Erleichtert, aber vorsichtig, da die Luft in dieser Toilette nicht die frischeste ist, atmet Herr Koepeling auf. *Jetzt sitze ich schon gleich im Auto und heute Abend bin ich endlich im Hotel. Dort werde ich ein kühles Weizenbier trinken und über diese ganze Situation nur noch lachen,* denkt Herr Koepeling in wohliger Erwartung der Erlösung aus seiner prekären Lage. Die Minuten vergehen, und überzeugt vom Guten im Menschen ist er sich sicher, dass die jungen Herren für ihn in der Schlange des benachbarten Geschäftes anstehen.

Da der ganze Stress seine Verdauung erneut angeregt hat, erleichtert er sich noch einmal. Da er ja gerade schon auf der Toilette sitzt, kann er die Situation ausnutzen und muss später nicht erneut anhalten, um ein weiteres Mal auf die Toilette zu gehen. Die Tür öffnet sich, aber es sind nicht die beiden Jungen mit dem Toilettenpapier. Es scheint eine ganze Reisegruppe zu sein, die alle nacheinander schnell das Pissoir benutzen und noch schneller wieder verschwinden, als sie gekommen sind. Die Tür öffnet sich auf ein Neues und wieder sind es nicht die Jungs.

Herr Koepelings Nervosität steigt und er überlegt, ob er nicht einfach jemanden fragen sollte. Vielleicht hat ja jemand die jungen Herren in der Schlange stehen sehen, oder dort ist gerade Schichtwechsel, oder die Kasse funktioniert nicht oder die Beiden mussten doch noch mal schnell zum Auto rennen, um ihre Portemonnaies zu holen. Die Anzahl der Möglichkeiten scheint unendlich zu sein. Vielleicht sind die ja in einer Art Party-Karawane unterwegs.

Nun kommen zwei Männer zur Tür hinein, gehen aber schnurstracks direkt in die Kabinen ihrer Wahl. Der Eine zu seiner Linken und wenige Sekunden später der Andere zu seiner Rechten, aber ein paar Türen weiter. *Wieder nicht die beiden,* denkt Herr Koepeling ernüchtert.

Als wäre das nicht schon schlimm genug, hört er, was er lieber nicht gehört hätte, wartet aber nun gespannt darauf, ob es in den anderen Kabinen das weiße Gold gibt oder nicht. Er vernimmt, wie der Nachbar zu seiner linken den Klebeverschluss einer Taschentuchpackung öffnet. Vor lauter Vorfreude weiß er gar nicht, wie ihm geschieht und fragt sofort nach, ob der edle Spender noch ein Taschentuch übrig habe.

»Das war mein Letztes«, antwortet dieser.

Der Mann spült und geht. Zu seiner Rechten hört er das Klappern eines leeren Toilettenpapierhalters. Er schmunzelt und sieht sich selbst zur Kabine des Mannes laufen, um ihm großzügig eine ganze Ladung Papier zu reichen.

In Herrn Koepelings Gedankenblase spielt sich daraufhin folgendes Gespräch zwischen beiden ab: »Vielen, vielen Dank, ich weiß gar nicht, wie ich das wiedergutmachen kann«, sagt der Mann.

»Aber ich bitte Sie, Sie schulden mir überhaupt gar nichts. Es ist doch selbstverständlich, seinen Mitmenschen zu helfen, und ich würde es als eine Beleidigung auffassen, wenn Sie sich mir auch nur im Geringsten für diese Nichtigkeit verpflichtet sehen würden«, entgegnet Herr Koepeling, der in seiner Gedankenblase bis vor ein paar Minuten ja selbst in einer solchen Bredouille gesessen hatte. Aber als er sich wieder der Realität stellt, wird ihm bewusst, dass seine Retter nichts als Betrüger waren.

Man hat mich ausgenutzt, belogen und betrogen, denkt Herr Koepeling nun, da er sich der bitteren Wirklichkeit bewusst wird. Und so ist er immer noch in derselben dummen und ausweglosen Situation. Er kann bereits die Kruste auf der Haut spüren, genau an der Stelle, wo ›ES‹ rauskommt. Und ihm ist klar, dass der Käsegeruch, vor dem er so große Angst gehabt hatte, nun das kleinere Übel ist. Egal was er nun verwenden würde, um es abzuwischen; er wäre dazu gezwungen, es ins Wasser zu tunken, um die Kruste von seiner Haut zu lösen und so einer späteren Entzündung vorzubeugen. Oder gar einer späteren Blamage aufgrund des Geruchs. Sollte er nun darauf spucken, oder es ins Toilettenwasser tunken? Ihm ist nicht klar, welche der beiden Varianten ihm ekelerregender vorkommt.

Der Mann zu seiner Rechten, den er sehr wahrscheinlich nicht kennt, ist eingeschlafen. Er kann ihn deutlich schnarchen hören. Wie unangenehm es wäre, die Person, die ihm das Toilettenpapier bringt, irgendwann wieder zu treffen. Zum Beispiel bei einem Geschäftsessen. »Hm, irgendwoher kenne ich Sie«, würde dieser Jemand dann womöglich zu ihm sagen.

»Hu Hu Hu Mr. Koepeling is the right guy to borrow money from«, macht er sich dann über den armen Herrn Koepeling lustig.

»Ich habe das sehr wohl verstanden und es wird ein Nachspiel haben«, würde Herr Koepeling wohl darauf erwidern.

Wieder fasst Herr Koepeling Mut, die Initiative zu ergreifen. Er hasst den Gedanken, von anderen Leuten abhängig zu sein. So wie ein kleines Kind, das nachts die Mama oder den Papa wach machen muss, weil es sich im Dunkeln nicht traut, allein hinaus zu den Monstern und Spinnen zu laufen, wenn nicht wenigstens eines der Elternteile dabei ist, um es zu beschützen.

Ich werde jetzt bis zehn zählen und mir dann, egal ob ich meine Würde verliere, das Hemd vom Leib rei-ßen und mir damit meinen Hintern mit der bereits angetrockneten Kruste, abwischen.

Die Strafe Gottes

Ins Wasser werde ich es auch tunken, damit mein Hintern richtig sauber wird, überlegt der Herr Koepeling. *Falls die Klimaanlage während der Sitzung ausfällt und ich dann wie ein Dixi-Klo rieche. Eins ... zwei ... drei ... vier ... fünf ... sechs ... sieben ... – was, wenn in genau dem Moment, in dem ich mein Unterhemd ins Wasser getaucht habe, die Tür von zwei wahnsinnigen Drogendealern aufgestemmt wird, gefolgt von einer brachialen Razzia der GSG 9, die erst Reizgas in die Toilette werfen und dann mit Rammböcken und Maschinengewehren Kabine für Kabine aufbrechen und daraufhin die Dealer, weil sie Reizgas in den Augen haben, wahllos um sich schießen.*

Herr Koepeling kann vor seinem geistigen Auge schon das Foto der Schlagzeile in der Bildzeitung sehen, bundesweit natürlich. *Ich,* denkt sich Herr Koepeling, *durchlöchert von den Kugeln eines Maschinengewehrs, dazu noch mit freiem Oberkörper, heruntergelassener Hose und einem mit den eigenen Fäkalien beschmierten Unterhemd.*

Tief verzweifelt und mit einem Gefühl des Allein-Gelassen-Werdens schaut er um sich. Herr Koepelings Blick schweift über die zahlreichen Wand- und Türkritzeleien. Eine Sache, mit der er sich sonst wohl nie befasst hätte. Einige Leute verbrachten anscheinend viel Zeit mit diesen Kritzeleien, und wieder andere störten sich überhaupt nicht daran, mit einer anderen Farbe die ›Kunstwerke‹ und ›Epen‹ ihrer Vorgänger zu überschreiben. Der Gedanke an die womöglich zahlreichen Vorgänger verursacht ein Unwohlsein. *Die vielen Bakterien! Wie viele Hintern, die stundenlang, sogar tagelang während des Fahrens geschwitzt hatten, saßen hier vor mir?*, denkt er fassungslos.

Um gegen Ekel und Langeweile zu kämpfen, widmet er sich nun der abwechslungsreichen Lektüre:

›Ich fühle mich wie ein Vogel, der frei am Himmel fliegt, wie ein Mensch, der denkt und liebt.‹

Das ist eigentlich wunderschöne Poesie, aber das Gedicht hat eine eher beklemmende Wirkung auf ihn. Er entschließt sich, etwas Längeres zu lesen. Vielleicht ist es aufheiternd oder anderweitig ablenkend:

›Der unbeugsame Wille zu überleben

Vollkommen ohne Mission, ohne Ziel, wie ein Hund, ein Streuner, gefangen im Rad des Lebens, der sich schnüffelnd von Tonne zu Tonne bewegt, dazu gezwungen, zu fressen, was ihm die Straße bietet.

Es ist nicht die Straße, die bietet oder verbietet, sondern der Weg, den der Hund einst wählte, um dort zu spielen. Wenn er nur auf seinen Herren, den Reinen, gehört hätte, der ihm vor Jahren einen guten Lauf der Dinge geboten hatte.

Wie schön hätte er es jetzt dabeigehabt, sich im Warmen, gut gefüttert vor dem Kamin auf dem großen Bärenfell wälzend, zu langweilen.

Aber gewählt hat der Hund den Weg, auf dem er sich verbittert mit den Anderen beißen muss.

Verhärtet, voll Angst und schwach, da er nichts hat, das er essen kann.

Manchmal führt ihn der unausstehliche Hunger an einen Punkt, der aus nichts weiter als einem klaren geistigen Zustand besteht.

Immer dann weiß er, dass die Guten ins Töpfchen und die Schlechten ins Kröpfchen kommen.

Angeekelt vom Gesetz der Natur, den Schwächen, die dafür sorgen, dass wir uns selbst dem Leben im Dienste Anderer opfern.

Aber glücklich ist er, der Hund – ja, weil er sich an den kleinen Dingen im Leben erfreuen kann – wie der Mensch, der in Momenten der Schwäche den Anderen die Lüge von den kleinen Freuden im Leben erzählt.‹

Was sind das für Menschen, die hierherkommen und so etwas verfassen? Wahrscheinlich gibt es hier nie Toilettenpapier, das muss es sein. Warum sonst würde jemand so viel Zeit damit verbringen, solch furchtbar deprimierende Dinge zu schreiben? Zu diesen Menschen gehören auch die jungen Männer, die Herrn Koepeling betrogen hatten und es dauert nicht lange, bis er in einen noch tieferen Zustand der Paranoia verfällt.

Was soll ich tun, wenn die beiden jungen Herren zurückkommen, die Tür eintreten und mich überfallen? Oder mich verprügeln und mir, nur weil das so furchtbar lustig ist, ein Kaugummipapier hinwerfen, damit ich mir damit den Hintern abwischen kann? Die würde ich mit der braunen Masse schon fernhalten können, wenn ich ihnen drohe, sie damit anzuschmieren. Ich könnte es ihnen entgegenstrecken wie ein Schwert, und brüllen: »Bleibt weg von mir, ich habe Aids!«, und dann würde ich sofort um Hilfe schreien. Wenn die aber wissen, dass man sich nur durch Blut infizieren kann, dann beiße ich mir einfach in den Arm und spucke das Blut in ihre Richtung. Dann werden die schon um ihr Leben rennen. Oh mein Gott! Was wäre, wenn so ein finsterer Bursche, so ein Kleinkrimineller, oder jemand, der Steine von Autobahnbrücken wirft, Toiletten-Poker spielen möchte? Natürlich mit scharfen Pistolen. Zieht er ein Ass, so muss er zur ersten Toilettenkabine gehen und hineinschießen. Egal, ob jemand drin sitzt oder nicht. Wenn er eine Zwei zieht, dann muss er in die zweite Kabine schießen und so weiter und dann gibt es ja auch noch Bube, Dame und König. Ein gängiges Pokerblatt hat 52 Karten, und die Möglichkeiten der Grausamkeit sind nahezu endlos.

Endlich nimmt Herrn Koepelings Gedankenblase, geprägt durch einen Zustand tiefer Resignation, ein Ende.

»Ja lieber Gott. Vielen Dank für die tolle Strafe, die du dir für mich erdacht hast«, zischt er entmutigt vor sich hin.

Wahrscheinlich willst du mich wegen irgendetwas strafen, an das ich mich jetzt noch nicht mal mehr erinnern kann. Warum tust du mir das an?, beschwert sich Herr Koepeling in Gedanken beim Allmächtigen und plant, nie wieder Kirchensteuern zu entrichten und überhaupt, ganz und gar aus der Kirche auszutreten. Er sieht sich selbst, zurück Daheim, in der Küche stehen und seinen Kindern erklären, dass es keinen Gott gibt. Dass man im Leben auf sich selbst angewiesen ist. Dass man Fremden nicht einfach so sein Vertrauen schenken sollte und dass auf der Toilette zu lesen keine schlechte Sache sei. Mutter habe sie diesbezüglich in die Irre geführt. Es hat durchaus seine guten Seiten, sich der Literatur zu widmen. Es ist ja nicht so, dass es keine Feuchttücher gäbe. Sollte es sich um ein umfangreicheres, aber spannendes Buch handeln, so kann man diese gut gebrauchen, um lästige Verkrustungen zu lösen.

Die aussichtslose Lage, in der Herr Koepeling sich befindet, veranlasst ihn dazu, die Worte, die in seinem Kopf herumspuken herauszuschreien. »Ich lasse mich von dir nicht plattmachen!«, sind die Worte, die Herr Koepeling schreiend an den lieben Gott richtet, um seiner Wut ein wenig Luft zu machen. »Und von euch miesen Menschen, die ihr denkt, dass ich auf euch angewiesen bin, erst recht nicht. Ach, wenn ich doch nur ein Bücherwurm wäre. Dann hätte ich einfach eine Seite aus meinem Buch reißen können, um mir damit den Hintern abzuwischen«, fügt er hinzu.

Herr Koepeling ist sich mehr denn je bewusst, dass er vollkommen auf sich selbst angewiesen ist. Ihm wird wohl niemand mehr etwas Toilettenpapier bringen. Niemand wird seine Hilfe anbieten. Es würde ihm wohl besser gehen, wenn er nicht der letzte Mensch, der an christliche Nächstenliebe geglaubt hatte, gewesen wäre. Das hätte ihn dann auch keine zehn Euro gekostet.

Nun fällt es ihm wie Schuppen von den Augen. Die Euros. Die sind aus Papier … Er entsinnt sich an eine Geschichte, die er einst gelesen hatte. Es ging um einen Mann. Einen Arzt, der eine sintflutartige Überschwemmung überlebt hatte, aber daraufhin auf einer Fläche von ungefähr einem Meter Durchmesser, die zuvor ein hoher Berggipfel gewesen war, festsaß. Um ihn herum, so weit das Auge reichte, nichts als Wasser. Er hatte nichts bei sich, nichts als seinen Arztkoffer. Um nicht zu verhungern, musste er eine schwerwiegende Entscheidung treffen: Welches Glied sollte er sich als erstes abschneiden?

Herr Koepeling fühlt sich aufgrund der plötzlichen Erleuchtung besser, aber überlegt nun, was ihm das Leben wert ist. Einen Zehner, mit dem es schwieriger wäre, oder einen Hunderter?

Das goldene Gitter

Während Herr Koepeling darüber sinniert, wie er den Hunderter, den er erwägt zum Säubern seines Allerwertesten zu verwenden, trotzdem noch von der Steuer absetzen könnte, sehen die Leser der Geschichte vor ihrem geistigen Auge aus der Vogelperspektive einen älteren Herrn mit weißem Bart. Dieser betritt von Seiten eines nahegelegenen Waldstücks her den Parkplatz der Raststätte und läuft schnurstracks auf diese zu. Dabei kreuzt sich sein Weg mit dem der beiden jungen Männer, die Herrn Koepeling soeben bestohlen haben. Sie loben den edlen Spender, der sie königlich mit Snackgeld für die Fahrt beschenkt hat.

Hmm, denkt sich der alte Herr, *mit Geschenken von Königen und Kaisern gilt es äußerste Vorsicht walten zu lassen.*

Er besinnt sich einer Geschichte, die einem einfachen Bauern und alten Freund von ihm widerfahren war. Der Kaiser hatte ihm kutschenweise Gold, Silber, edle Kleidung und dergleichen vor sein Haus fahren lassen, um ihn für den Dienst bei Hofe als seinen engen Berater zu gewinnen. Doch der Bauer lehnte, zum Entsetzen seiner Frau, all die teuren Dinge ab. Ach, was er für Ärger bekam! Seine Frau schimpfte und schimpfte mit ihm. „All das Ansehen, welches wir hätten genießen können und du hast all das abgelehnt!", warf sie ihm vor.

Jahre später kam ein neuer Kaiser an die Macht und allen, die mit dem alten Kaiser im Bunde gewesen waren, wurde der Kopf abgeschlagen. Auch ihre Verwandten wurden bis zum 9. Grad ausfindig gemacht und allesamt getötet. Nun war niemand mehr böse mit dem Bauern. Auch die Dörfler lachten nicht mehr über seine Bescheidenheit, denn sie alle waren froh ihr Haupt behalten zu haben.

Von der auf den Schildern des Rastplatzes befindlichen Symbolsprache entnimmt unser Freund mit dem weißen Bart die Richtung des Ortes zum Verrichten der Notdurft, auf welchen er schnurstracks hinzuläuft.

Inzwischen bahnt sich bei Herrn Koepeling ein Koller an. Er hat versucht, die Risiken, die sein Plan, den Hunderter von der Steuer abzusetzen, abzuwägen und diese erscheinen ihm zu hoch. Mit geradem Rücken sitzt er ganz konzentriert auf dem Lokus und starrt die Tür an, während sich in seinem Kopf folgendes Horrorszenario abspielt: Mehrere Zeugen, welche die Steuerfahndung im Rahmen einer akribisch-tiefen Prüfung seiner Finanzen aufgerufen hat, sagen vor Gericht gegen ihn aus.

Nummer Eins: ein Geschäftsmann, um die 30 Jahre alt, in dunkelgrauem Anzug. Sportliche Statur, blondes zurückgegeltes Haar, blaue Augen. Einfamilienhaus, keinen Sportwagen, Schachchampion seiner Regionalliga, fest angestellt. Er bezeugt, Herrn Koepeling an diesem Tag nicht in der Hotelbar angetroffen zu haben. Demzufolge habe er die Einhundert Euro dort nicht ausgeben können.

Zweitens: die Barfrau, eine Dame um die 50 und in ihrer Freizeit ehrenamtliche Mitarbeiterin in einem Seniorenheim. Als sie dem Richter den Namen der Einrichtung nennt, lauscht dieser kurz auf. Er scheint ihm vertraut zu sein.

Wahrscheinlich, denkt sich Herr Koepeling, *ist sie die beste Freundin seiner Mutter, die dort lebt*. Die Bardame sagt aus, dass sie Herrn Koepeling an diesem Tag nicht in der Hotelbar gesehen habe. Sie fügt außerdem hinzu, dass er sich ja vielleicht einfach Quittungen anderer Gäste, Mitglieder seiner Business-Delegation, bei einer späteren Gelegenheit mitgenommen haben könnte, um sich ein kleines extra Geld hinzuzuverdienen.

Zu guter Letzt meldet sich der Inhaber der Hotelbar zu Wort. Er ist Besitzer mehrerer Bars und Restaurants, Hauptsponsor des lokalen Polizeisportvereins, bärige Statur, ruhiger Typ. Er gibt zu Protokoll, an besagtem Tag nicht im Hause gewesen zu sein, fügt aber der Aussage seiner Angestellten hinzu, dass diese ein ganz besonders gutes Gedächtnis habe und sich in der Regel sogar nach Jahren noch daran erinnern könne, was Gäste des Hauses einst bestellt hatten. Sie habe ein – er überlegt einige Sekunden lang und murmelt dann mit einem in den Raum fragenden Blick vor sich her: „Wie heißt es gleich? Ja genau, jetzt habe ich es wieder, sie hat ein totales Gedächtnis! Sie kann quasi nichts, was sie einmal gehört, oder gesehen hat, wieder vergessen."

Verdammt!, denkt sich Herr Koepeling. *Jetzt bin ich geliefert. Meine Einreiseerlaubnis für Amerika ist nach meinem Gespräch mit Obama unklar und mein Job ist nun vielleicht auch noch weg.*

Der Besitzer der Hotelbar fährt fort. „Demzufolge weiß sie auch, wer an diesem Tag ganz sicher nicht in der Hotelbar eingekehrt ist. Nämlich der Herr Koepeling." In Zeitlupe hört Herr Koepeling ihn sagen: „Er hat versucht die Steuerbehörde der Bundesrepublik Deutschland zu betrügen!" Herr Koepeling sieht vor seinem geistigen Auge die Steuerfahnder in ihrem Büro vor Freude durchdrehen.

Der Richter nimmt das soeben Ausgesagte zur Kenntnis und sein ernster Blick schweift zu Herrn Koepeling hinüber. Dessen Körper sackt daraufhin schwer und vor Schuldgefühlen überquellend in sich zusammen. Das alles Besiegelnde I-Tüpfelchen folgt jedoch noch: der „Ich! Ich! Ich!"-Arm der Bardame reckt und streckt sich. Auch ihre Beine zuckeln aufgeregt auf und ab. Irgendetwas Wichtiges ist ihr noch eingefallen. Der Richter bedankt sich beim Barbesitzer über dessen aufschlussreiche Aussage und entlässt ihn aus dem Zeugenstand. Anschließend gewährt er der Frau noch einmal das Wort.

Sie berichtet, dass sie vor 20 Jahren den Staatsanwalt in der Hotelbar bedient habe. Mit einem fragenden Blick ob dies der Wahrheit entspräche, blickt der Richter zum Staatsanwalt. Auch dieser schaut ob dieser Aussage verdutzt und fragend drein. „Doch, doch.", sagt sie. „Sie sind immer gen Abend bei uns eingekehrt und haben bis tief in die Nacht an einem Fall für den Internationalen Gerichtshof gearbeitet. Es ging um die Fairness in Rhetorik und Handlungen gegenüber dem Ostblock in den letzten 30 Jahren. Sie haben jeden Abend eine Crème Brûlée bestellt, welche einst von Napoleon, während er von Arbeitswegen her in Leipzig verweilte, so benannt worden war. Zum Nachtisch haben sie immer eine Tasse Kamillentee getrunken. Kamillentee senkt das Feuer im Körper und hat somit auch eine beruhigende Wirkung auf die Nerven. Zum Nachtisch aßen sie stets mit Hochgenuss dieses Tierschutzessen. Ein Gebäck, dass bis heute Leipziger Lerche heißt und erfunden wurde, weil die Bevölkerung keine Lerchen mehr jagen durfte."

„Ich bin erledigt.", flüstert Herr Koepeling. *Drei hochintelligente, fest im Leben stehende, gesellschaftlich nahezu heilige Menschen sagen gegen mich aus. Nachher werden sie glauben, dass die hundert Euro nie existiert haben. Sie werden glauben, dass ich unter Vortäuschung falscher Tatsachen...* Herrn Koepeling steigen die Tränen in die Augen. Er weint, denn er weiß, was das bedeutet. Man wird ihn zu einem gemeinen Dieb degradieren. „Und das nach all den Jahren, die ich immer treu meine Steuern gezahlt habe.", flüstert er weiter, während er mit gesenktem Haupt auf den gefliesten Boden vor ihm schaut. Auf diesem steht geschrieben: „Wenn die anderen denken das wir niedergeschlagen sind, holen wir lediglich Anlauf." Dann schaut er wieder geradeaus und die Toilettentür an.

„Das stimmt.", bestätigt der Staatsanwalt erstaunt. „Bis heute esse ich diese Speisen ausgesprochen gern. Und ja", nickt er dem Richter zu, „ich habe damals den genannten Fall, vertreten." Herr Koepeling fühlt sich wie Beiwerk in seinem eigenen Gerichtsprozess. Er scheint zur völligen Nebensache geworden zu sein.

Der Blick des Staatsanwaltes wird etwas traurig und auch der Richter, dem dieser Fall nicht unbekannt ist, wird für einen Moment lang ernst. Dann sagt er mit gesenktem Blick: „Jahrzehnte lang haben wir Westler den Ostblock von oben herab behandelt." Der aus den alten Bundesländern stammende Richter beteuert, dass er sich nun, da er älter und weiser geworden war, für sein stichelndes Verhalten, welches auf Dauer ja nur schief gehen konnte, schäme. „Wie die Kindergartenkinder haben wir uns verhalten und immer wieder herabwürdigende Witze über die Menschen zweiter Klasse und die Farblosigkeit des Ostens gemacht."

Da ist er wieder: der „Ich! Ich! Ich!"-Arm. „Ja bitte, gute Frau.", sagt der Richter.

Herr Koepeling dreht sich der Magen um. *Die verstehen sich alle immer besser! Noch ein paar Minuten und die sind per Du. Wie soll das hier für mich ausgehen? Nachher werde ich hier noch für die letzten hundert Jahre herabwürdigender Behandlung des Ostblocks bestraft.*

Die Hoteldame hat das Wort: „Ich kann mich noch entsinnen, wie sie den Papst auf Freisprech hatten, als ich die Rechnung brachte. Er sagte, es sei noch nicht die Zeit für den Ostblock und dass sie ihre Nachforschungen, was die Fairness gegenüber dem Ostblock angeht, einstellen sollten. Aber mal ganz im Ernst Herr Richter: der Ostblock hat jetzt auch Fernseher und Filmstudios und so. Das Ganze wird nun wahrscheinlich einfach darin enden, dass man sich gegenseitig durch das goldene Gitter zuruft, wie manipulativ und hinterlistig die andere Seite sei. Da aber beide Seiten Fernseher und Filmstudios haben, wird sich das zu einer Pattsituation entwickeln." Richter, Staatsanwalt und die gegen Herrn Koepeling aufgestellten Zeugen beteuern noch eine Weile, dass es ihnen damals, als sie sich noch über den Ostblock lustig gemacht hatten, einfach an der notwendigen Bildung gefehlt habe. Da es ihnen im Westen Deutschlands zu dieser Zeit auch sehr schlecht ging, hätten ihre Schullehrer ihnen nichts über Menschlichkeit beigebracht. Weder gab es die Bücher dafür, noch den Hauch eines Interesses damit aufzuhören den Osten kleinzureden. „Da alle so gesprochen und gehandelt haben, sind wir da halt mitgelaufen. Wir waren einfach noch nicht reif genug. Nun gut. Schwamm drüber.", sagt der Richter. „Wir selbst kriegen unsere über den Dingen stehende, herabwürdigende Art und Weise der Arroganz ja eh nicht mit."

Erwischt!

Voll Scham muss Herr Koepeling gestehen, dass er sich mit dem Einhundert Euroschein den Hintern abgewischt hat, aber dies glauben ihm weder der Richter noch sein Anwalt. Der Fall geht in die nächste Instanz. Es wird noch peinlicher werden. Herr Koepelings Koller steigert sich vor allem durch das erneute Bewusstsein, den Geldschein nun doch nicht verwenden zu können. In seinem Kopf herrscht ein bitterer und heftiger Krieg der Logik. Der Zehner oder der Hunderter? Welchen der beiden? Nun bricht es aus Herrn Koepeling heraus und er beginnt, lauthals zu brüllen.

In eben diesem Moment öffnet der alte Herr, den wir soeben aus der Vogelperspektive den Parkplatz betreten sahen, das Tor zum Porzellangott-Palast. „Scheiss k-r-i-e-g der Logik!" hallt es ihm entgegen.

Er geht in die noch freie Kabine neben Herrn Koepeling, zückt eine Packung Zellstoff-Taschentücher aus seiner Umhängetasche und wischt damit Wasser- und Urintropfen von der unbebrillten Toilettenschüssel ab. Dann hängt er seinen Hintern über die Schüssel und während er sein Geschäft verrichtet, hört er Herrn Koepeling weiter schluchzen. Er empfindet Mitleid mit seinem Nachbarn, zückt ein weiteres Taschentuch und reicht es ihm unverbindlich unter der Trennwand hindurch.

Herr Koepeling bemerkt es erst gar nicht. Er hat seine Augen fest geschlossen, um die Tränen zurückzuhalten und möchte seine schreckliche Situation weiterhin nicht wahrhaben. „Nun nehmen sie schon.", sagt die Stimme aus der Nachbarkabine.

„Es ist kein Geschenk des Kaisers." *Was*?, denkt Herr Koepeling verdutzt ob der Wortwahl des Fremden und blinzelt durch Tränen hindurch auf das Taschentuch. Er kann seinen Augen nicht trauen. Das, was vorher schier unmöglich schien, geschah nun einfach ganz beiläufig. Im Glauben, dass es eine in sich leere Illusion wäre, greift er doch danach und kann kaum fassen, dass es real ist. Herrn Koepelings Gesichtsausdruck gleicht dem einer Person, die vor geraumer Zeit auf einer einsamen Insel gestrandet ist und eine gut versiegelte Brotdose mit einem energiespendenden Hóngzǎoriegel, dessen Mindesthaltbarkeitsdatum noch nicht abgelaufen ist, findet.

„Und zu diesem Krieg der Logik, der da in ihnen stattfindet…," hört Herr Koepeling seinen Nachbarn sagen. *Mist. Er hat mich brüllen gehört. Nun darf er mich niemals sehen!*, denkt er sich kopfschüttelnd. „Es wird gute Nachrichten geben, wenn all das vorbei ist.", fährt sein Nachbar fort, „Dann werden beim Kaiser und beim Zaren, bis hin zum südlichsten Zipfel des Ostblockes, wo Kanzler Scho regiert, alle Religionen in Frieden leben können. Vorausgesetzt, sie respektieren ihren jeweiligen Machthaber. Eventuell bereitet ihnen das eine kleine Freude auf die Zukunft und gibt ihnen etwas Ruhe."

„Sie haben mir mit diesem Taschentuch aus einer sehr misslichen Lage herausgeholfen, mir quasi die Freiheit geschenkt. Aber wer ist Kanzler Scho und woher wollen Sie das mit den Religionen so genau wissen?", fragt Herr Koepeling.

„Junger Mann.", erwidert die Stimme. „Es ist ganz einfach. Der Ostblock spricht eine andere Sprache und hat zudem gänzlich andere Wege der Kommunikation und des Verständnisses. Dazu kommt, dass es hier in Deutschland niemanden interessieren würde. Nachrichten unterliegen Angebot und Nachfrage. Es ist keineswegs so, dass die öffentlich-symbolische Zusammenführung der Religionen, die kürzlich tief im Ostblock stattgefunden hat, so dass alle in Frieden unter einem Dach Leben können, hier auch nur einer einzigen Schlagzeile gewürdigt wurde.

Vom alten Wissen gibt es hier nichts. Es gibt sie hier nicht die Gesetze der Berge, welche alle dort Lebenden zu einer stillen und friedlichen Symbiose zusammenschweißen. Oder einfach formuliert: den alten Weg des Respekts und die damit einhergehende Herzlichkeit."

Herr Koepeling lauscht gespannt. Er ist zur Ruhe gekommen, ohne es überhaupt zu bemerken. Beiläufig teilt er das Zellstofftaschentuch in zwei Hälften, dann tunkt er die eine Hälfte des Taschentuchs ins Wasser unter ihm, um die Kruste von seinem Hintern zu lösen. Mit der anderen Hälfte wischt er sich trocken. Dann fragt er den Fremden: „Woher wissen Sie all das und wer sind Sie?"

„Aus den Nachrichten des Ostblocks und mein Name ist Zhang Zhunyi."

„Koepeling, mein Name ist Harald Koepeling.", antwortet Herr Koepeling.

„Herr Koepeling, ich wünsche Ihnen noch einen angenehmen Tag." Herr Koepeling ist baff. Er kann es noch gar nicht fassen, dass sein Hintern nun sauber ist und vor allem, dass er endlich diesen schrecklichen Ort verlassen kann. Als er aufstehen und seine Hose hochziehen möchte stellt er fest, dass seine Beine vom langen Sitzen auf dem Lokus eingeschlafen sind und schmerzen. *Toll, wenn man schon in der Mitte seines Lebens körperliche Langzeitschäden davonträgt. Hoffentlich kann ich mit den angeknacksten Beinen noch bis nach Darmstadt fahren.*

Zhang Zhunyi spült und während er sich bereits mit einem Stück Birkenrinde am Waschbecken die Hände wäscht, hört er Herrn Koepeling rufen: „Ebenfalls und haben Sie vielen Dank!"

„Gern geschehen.", erwidert Zhang Zhunyi mit einem Schmunzeln.

Über den Autor

Shan Li 山力, bürgerlich Christoph S., wurde in Leipzig geboren. Als Enkelsohn der deutschen Opernsängerin und Nationalpreisträgerin für Kunst und Literatur der DDR, Philine Fischer Sannemüller, besuchte er zehn Jahre die Johann Sebastian Bach Musikschule.

Mit 16 Jahren ging er nach China und lebte von 1998 bis 2013 im Songshan Shaolin-Tempel in der Henan Provinz China.

In dieser Zeit lernte er von verschiedenen buddhistischen und daoistischen Lehrmeistern und kehrte nach über zehn Jahren als praktizierender Buddhist nach Europa zurück.

Die Dokumentation „7 Jahre Shaolin" (filmfee, 2005) zeigt einen Ausschnitt aus seinem Leben im Shaolin-Tempel. Shan Li ist Autor verschiedener Bücher, wie *The Discovery* (Songshan Shaolin Temple, 2007), *THE GIFT – Das Geschenk* (fhl Verlag Leipzig, 2013) und *Die 13 Shaolin* (Angkor Verlag, 2023).